南方朔 感性之門

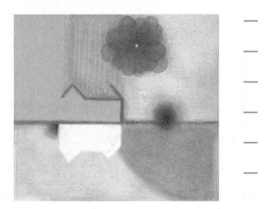

讀詩，也要讀句

南方朔

　　當我們在讀各種詩論或詩介的時候，都會發現到，美好的詩句一定會被再三引用。

　　因此，我們在讀詩時，也要讀句。如果可能，最好多讀幾次，在琅琅上口裡讓它被記住。當今美國詩人兼作曲家，同時也是相當於我們「文建會」的「國家藝術基金會」主委喬伊亞(Dana Gioia)，就在一篇評論裡做了這樣的建議。

　　近年來，我寫了許多閱讀外國詩，主要是英美詩的讀詩筆記和隨感，並且還被彙集，出了《給自己一首詩》和《詩戀記》兩書。而就在這時，《國語日報》的芝萱主編說，為什麼不寫點中英對照，既談詩，也說句的文章呢？在我的刻板印象裡，《國語日報》是給兒童看的，如果引用詩的原句，兒童怎麼看得下去。但很快我就發現自己錯了。因為，《國語日報》除了兒童看之外，它的讀者還有老師和少年。

而我們由於教育發達，許多高年級的兒童及少年，在英文閱讀的求知慾和鑑賞力方面，已開始起步。當然更別說老師們的水準日增了。藉著閱讀，記得一些經典名句，還是滿不錯的。

於是，這種以中英對照的方式，談詩的金句，就這樣一直寫了下來。

在西方理論界，人們都知道「詩創造了語言」。因為，在文字文明的發展初期，詩是最重要的表達媒介，因此，詩人煮字煉句，創造語法，設定意象，甚至還藉著史詩，奠定人們共同的文化記憶。由於詩具有如此巨大的凝聚力，因而傑出的詩句，就像是思想的基因一樣，成了人們的共同資產，有些甚至還沉澱到了口語中。在我們的社會裡，大家平常都在說的話裡，有許多成語，如「窈窕淑女」、「沉魚落雁」、「傾城傾國」……不都是詩句提煉出來的嗎？我們的許多文化符碼亦然。

而這種情況，在西方也完全一樣。荷馬的史詩神話，是文學的重要源頭。英國的喬叟和莎士比亞，則創造出了最多

精采的譬喻、金句，和意象，成了英語的重要資產。就已近代為例，大詩人艾略特有長詩《荒原》和《空洞的人》，單單這兩個題目，就已濃縮出了一大半的二十世紀時代精神。

因此，讀詩的時候也讀句，其實是有用的。好的詩句是匯聚、是濃縮、是抽象、是敏銳，它有助於人們感性的細膩和思考的精鍊。而好的詩句同樣也是走向語言堂奧的必行之路。當今台灣和全球一樣，都出現「英語熱」。我認為如果我們學英語，能對兒童多教一些西方的童謠童詩，而後再學簡單的詩，再後是複雜的詩，這對語文能力的增強，必有更大的助益。

讀詩是所有閱讀行為裡，最符合現代需要的一種。除了少數大史詩和大敘事詩之外，詩多半較為簡短。它可以論篇讀，論段讀，論行讀，讀了後可以讓它在心中一直縈繞，再三反芻聯想。它可以讓人在潛移默化中學到聲音節奏，想像的方式，以及不同句法之美；也可讓人對譬喻、用字、意象，多出許多從別處得不到的體悟。當好的句子被不知不覺的記住，我們也就在不知不覺中變得更豐富。甚至連作文、

說話、想法，都會和以前不同。

　　這本小小的書，有許多很好的詩句，值得再三咀嚼。但願朋友們能因此點燃讀詩和讀句的熱情。

　　是為序，並再謝芝萱，以及我們那一幫對文學有愛，常常相聚的朋友。

感性之門第一扇：以愛覆蓋

013 愛的真假
017 會痛的看得開
021 愛的受傷
025 請再騙我一次
029 愛情不可開始得太匆忙
033 愛要豁達
036 從一見鍾情
040 過度裝扮
044 情人變心
048 愛夢與怕夢

052 寫一首情詩
056 做個正人君子
060 孩童是成人之父
064 愛麗絲之夢也不錯
068 靜靜往前走的霧
072 我知道何謂真理
076 天真的童心
080 鄉村小提琴手
084 用我的愛覆蓋你
088 離別但不哀傷

感性之門第二扇：高雅的幸福感

094 春天的活潑氣氛

098 每顆心都歡娛

102 萬物的深意

106 誰創造了你

111 天使也不敢踏進

114 憂鬱之中

118 一種高雅的幸福感

122 對自然的警醒

126 古代的瘟疫人生觀

130 弦外之音

134 誘惑境界

138 不只是吞字而已

142 在地獄稱王

146 而我心憐貧窮人

150 善之精神

154 不能承受之痛

158 血腥的戰爭更血腥

162 寬恕才能超越

166 火會燒出傷害

170 嘴巴變成了垃圾桶

感性之門第三扇：未來的回聲

176 變化是生命的香料
180 別變成發臭的百合
184 活出真實的人生
188 髒水不可能洗乾淨
192 一路前行，不斷超越
196 追求不平凡
200 要像星星一樣有高度
204 在辣和優雅之間
208 我們是未來的回聲
212 人必須先征服自己
216 別自我阻隔了人生
220 漂泊者的悲傷及困苦

224 付出努力和智慧
228 動，但也須要靜
232 努力嘗試生命
236 要變成鬼很容易
240 不會有第二個人生
244 要做世界的命名者
248 不要爭吵過一生
252 知覺的門扉和洞窟
256 打開緊握的拳頭
261 只有泥土為他們悲傷
265 管好舌頭不要自大

感性之門第一扇

以愛覆蓋

愛的眞假

A love that makes breath poor, and speech unable
Beyound all manner of so much I love you.
這愛使唇舌都顯得貧乏，言辭也都笨拙，
我愛你超過了一切方式。

——英・莎士比亞

法國思想家羅蘭・巴特（Roland Barthes）在《戀人絮語》裡曾經指出過，戀人的話語說了千百年，翻來覆去都只不過是「我愛你」這句話的變奏。

　　「我愛你」這句話不但是戀人話語的公分母，它對愛情之外的親情、友情、家國之情等亦然。而人們永遠不會滿足於只有「我愛你」三個字而已，大家都貪心的追問：「愛我有多少？」

　　這就是「愛」的本質，它必須用不斷變化的甜言蜜語來灌溉；而矛盾的是，過多的甜言蜜語，不但混淆了愛，更會像過多的雨水一樣，把愛淹死。許多人都讀過莎士比亞的悲劇《李爾王》，那個老糊塗的國王不去女兒的行為裡找愛，還造成倫理大悲劇。但儘管是悲劇，李爾王那兩個壞心的女兒在說愛上，卻的確留下了動人的句子。大女兒說：

A love that makes breath poor, and speech unable

Beyond all manner of so much I love you.

這愛使唇舌都顯得貧乏，言辭也都笨拙，

我愛你超過了一切方式。

至於二女兒，她舌粲蓮花的本領，一點也不輸給姊姊：

……that I profess

Myself an enemy to all other joys

Which the most precious squre of sense possesses

And find I am alone felicitate

In your dear highness' love

……我願意

自己厭棄所有其他快樂

那些至高感性所得到的快樂

只要這樣我就無上幸福

在對您的愛之中

　　愛有壞心的甜言蜜語，當然也有純正的甜言蜜語，它以布朗寧夫人（Elizabeth Barrett Browning, 1806-1861）的《葡萄牙十四行詩》第四十三首最為有名，它的起首四句就應誦

記在心：

How do I love thee? Let me count the ways

I love thee to the depth and breadth and height

My soul can reach, when feeling out of sight

For the ends of Being and ideal Grace

我愛你有多少？讓我估量估量

我愛你至深至廣至高

在靈魂能及之處，如同極致的感受到

上天之目的和至美至善一樣

　　布朗寧夫人的這首詩每行十音節，輕重相續，稱爲「抑揚五步格」，將它念出聲來，就自然可以感受到其音韻形象之美。由於它是眞的甜言蜜語，比起前面的假甜言蜜語，自然可愛多了。由此也顯示出分辨眞愛假愛，其實是非常重要的。

會痛的看得開

The art of losing isn't hard to master;
So many things seem filled with the intent
to be lost their loss is no disaster.
失去之道並不難駕馭，
有太多事情都與它涉及
在失去時，他們的傷害並非慘劇。

——美·畢夏普（Elizabeth Bishop）

The art of losing isn't hard to master ;

So many things seem filled with the intent

to be lost their loss is no disaster.

失去之道並不難駕馭，

有太多事情都與它涉及

在失去時，他們的傷害並非慘劇。

　　這段詩句，出自於二十世紀美國重要女詩人畢夏普（Elizabeth Bishop, 1911-1979）的作品〈一個道理〉（One Art）。它非常值得再三玩味、咀嚼，尤其是在我們這個太容易「失去」的時代。

　　畢夏普是我們比較不熟悉，但卻肯定已成為美國二十世紀文學裡的重要名字。她以觀察和敘述的獨到著稱。除了詩風複雜獨到外，她亦人如其詩。她的父親是加拿大裔美國人，母親是加拿大人，而她則出生於美國。她八個月大時喪

父，後來母親進了精神病院，與她終生未再相見。她形同孤女，輾轉被美加兩地的雙親家屬所撫養。

自幼開始的流離，造成了她後來的生命無根。她一輩子都到處旅行，單單在巴西的時間即長達十六年。她這一生除了旅行和寫作外，沒做什麼工作，只依靠父親不多的遺產和自己小額的零星收入及獎金維生，到了晚年才應邀到哈佛執教。但儘管如此，她的詩名很早即已大盛，詩人該有的榮譽，如「普立茲獎」、「國家書卷獎」、「國會詩學顧問」，以及「古根漢學人獎」等，她都一項未缺。

由於生命無根而流離，她談到生命中的「失去」，遂格外深刻動人。詩裡反覆的寫道，「失去」並不是多慘、多難面對的事。我們天天都在「失去」某些東西，例如「失去」房門鑰匙，會好幾個小時過得一塌糊塗；在旅行中會「失去」地方和名字；她曾「失去」母親留下的手錶，在流離中「失去」喜歡的房子，以及戀戀不忘的河流與大地。但這並非多大的災難與慘劇。她最後說到「失去」一個朋友的感受──儘管讓她非寫下來不可，彷彿慘劇一般，但也證明「失去」

並非難到不可駕馭。

　　畢夏普寫「失去」，在表面的看得開裡，隱藏著不能釋懷的感傷。「失去」並非生命的大災難，而只是刺傷與無可奈何的隱痛。這或許就是人生吧！它永遠在看得開與看不開之間。不要被看不開吞噬，但「失去」仍然會很痛！

愛的受傷

Alas! What harm appearance does.
When it is false in reality!
啊！表象造成的傷害有多大，
當它的實體是虛假！

——英・喬叟（Geoffrey Chaucer）

希臘神話裡，有許多動人的愛情及背叛的故事。艾尼阿斯（Aeneas）和狄多（Dido）的愛恨牽纏，就是這種故事的「基本型」。

　　大家都知道的「木馬屠城記」，說的乃是特洛伊戰爭。在戰爭失敗之後，艾尼阿斯背著老父，帶領妻兒以及劫後餘生的特洛伊族人到處流浪。

　　他一度到過非洲的迦太基。皇后狄多被他顯赫的聲名所迷，兩人墜入情網，但天神卻阻止了這場戀愛。於是艾尼阿斯遂背叛而去。狄多在傷心之餘，自焚而死。最後，艾尼阿斯率眾流浪到了現在的羅馬，成了最早的建城英雄。

　　艾尼阿斯和狄多的故事，後來被許多羅馬詩人寫成史詩。英國「文學之父」喬叟（Geoffrey Chaucer, 1343-1400）對狄多非常同情，認為是艾尼阿斯以他顯赫的名聲欺騙狄多的感情：

啊！表象造成的傷害有多大，

當它的實體是虛假！

正因他是她的背叛者，

使得她呀，了結自己的殘生！

看吧，一個女人如何的犯錯，

愛上不知道的陌生客！

老天爺呀，這句名言因此而盛行：

「所有光輝燦爛的並不都是黃金。」

在這個詩段裡，第一行和第二行，及第八行，都是經典
名句：

Alas! What harm appearance does.

When it is false in reality!

All that glitters is not gold.

人會惑於表象而產生不切實際的幻想，因而受到欺騙和
背叛，愛情不過是一端而已。因此，除了喬叟的名句外，又
讓人想到近代另一著名詩人格里費士（Robert Graves, 1895-
1985）的這首詩。主張戀愛不應有界線的人不一定會同意，

但它的道理卻不容否認：

　　沒有希望的愛情，

　　如同捕鳥小僮，

　　向老爺的女兒揮舞著高帽，

　　何妨讓抓來的雲雀放生，

　　當她路過時，在她的上方鳴唱！

　　在我們社會上，無論小小老老，各種不得體的愛情與背叛的故事不斷出現，相互指責欺騙的鬧劇也一再上演，這時候，上面的這些詩句或許不無參考的價值吧！

請再騙我一次

You smiled, you sopke, and I believed,
By every word and smile deceived.
你笑，你說，而我深信不疑，
被你每句話每個笑所欺。

──英・蘭多（Walter Savage Landor）

你笑，你說，而我深信不疑，

被你每句話每個笑所欺。

別的人可不希望再這樣；

我也不希望像過去那般盼望；

但千萬別讓我最後的心願落空；

騙哪，請再一次把我欺哄！

You smiled, you spoke, and I believed,

By every word and smile deceived.

Another man would hope no more;

Nor hope I what I hoped before

But let not this last wish be vain;

Deceive, deceive me once again!

　這首愛情短詩〈你笑，你說，而我深信不疑〉，出自十

九世紀英國詩人兼創作家蘭多（Walter Savage Landor, 1775-

1864）的手筆。它把愛情裡的自我卑屈，做了非常生動的表露。

法國當代哲學家羅蘭·巴特在《戀人絮語》裡曾經說過，所有的愛情話語，都是「我愛你」這句話的永恆變奏。

因此，我們遂可以說，一切情詩，都是「我愛你」這句話的不同說法。有些詩人用正面表列的方式說自己愛對方的程度，有的則用稱讚阿諛來討對方歡心；有些會強調自己如果沒有對方的痛苦，有些甚至宣稱對方是自己的救主。

在情話情詩裡，人們善良那一面的溫柔、體貼、陪小心、卑躬屈膝、自動的臣服，都會被激發出來。但像蘭多這樣說「請再騙我一次」的，倒也真是以他為首創，這也是它成為愛情金句詩的原因。

蘭多的情詩寫得很多，備受情詩詩人布朗寧推崇。讀了這首詩，我們當可知道他情詩境界確實不俗。

蘭多乃是十九世紀英國怪胎詩人之一，他桀驁不馴，念牛津三一學院時被勒令退學。他是個極度浪漫分子，年輕時法國入侵西班牙，他甚至還去過西班牙當抗戰自願兵。

在一八一五至三五年的二十年裡，他都在比較自由奔放的義大利度過，這也是他對希羅古典文學極為熟悉的原因。他善良、慷慨、浪漫，後來的大文豪狄更斯，還特別在小說《荒涼山莊》裡，把他變成一個正面的好人角色。

情詩乃是詩歌裡最大的傳統，「請再騙我一次」這種基本型，無疑的以蘭多為首。有人說，愛情原本就是一個相互哄騙的過程，最好的結局則是相互哄騙一生。或許「請騙我一輩子」，才是人們真正的渴望吧！

愛情不可開始得太匆忙

To everything but interest blind
And forges fetters for the mind.
愛情對一切都視而不見
並替心靈鑄造了腳鐐鐵鍊。

——英·布萊克

大詩人葉慈（William B.Yeats, 1865-1939）曾寫過許多情詩，而最有「老人言」意旨的，則是這首〈年輕人之歌〉。詩曰：

　　我喃喃自語，「我太年輕」

　　接著又想到，「我年齡已經夠大」

　　因此遂擲銅板決定

　　是否可以談戀愛

　　「去愛吧！去愛吧！年輕人，如果那女子年輕而美麗。」

　　啊，銅板，褐色銅板，褐色銅板

　　我被圈進她的髮捲裡。

　　啊，愛情是種帶鉤鉤的東西

　　沒有人聰明得足以

　　發現它裡面全部的奧祕

因為他想弄明白愛情

要到星辰業已落盡

而暗影吞噬掉月亮

啊，銅板，褐色銅板，褐色銅板

愛情不可開始得太匆忙。

在這首詩裡，最有意思的是第二段的前三行；

Oh love is the crooked thing

There is nobody wise enough

To find out all that is in it.

這首詩，把年輕人嚮往愛情，但一下子就被愛情套牢，搞得心神恍惚的情況，很扼要的表達了出來。因而他遂勸年輕人，愛情別開始得太早。在愛情詩裡，歌頌愛情的佔了絕大多數，像這種規勸性的反倒最少，因而也就更值得重視並反芻再三了。

而由這首詩，就讓人不由得想起英國另一大詩人布萊克的那首〈愛情對錯誤總是盲目〉，其中有這樣的金句：

愛情對一切都視而不見

並替心靈鑄造了腳鐐鐵鍊。

To everything but interest blind

And forges fetters for the mind.

　　愛情當然是一種好東西、好事情。正面的愛情會激發潛能，讓人提升向上，許多積極的品質也會因此而發揚光大，但愛情也有許多我們難以掌控的奧祕。

　　葉慈和布萊克這兩位大詩人，不怕被人說是「陳腐保守」，寫出這麼擲地有聲的詩句，這種好心的老人言，對人們的愛情路，或許不無助益吧！

愛要豁達

And love is proved in the letting go.
放手讓他走，始証愛之深。

——英・賽希爾・戴・路易斯（Cecil Day Lewis）

And love is proved in the letting go.

放手讓他走，始証愛之深。

　　這是英國桂冠詩人賽希爾‧戴‧路易斯（Cecil Day Lewis, 1904-1972）的名詩〈從我身邊走開〉（Walking away）的結尾句。它簡潔，意深，容易記得，可以延伸到各式各樣的情境裡使用。它說的是──愛要豁達。

　　賽希爾‧戴‧路易斯在英國桂冠詩人的歷史裡，雖非最偉大，卻可能是知名度最高的一個。他因為四歲喪母，父親難處，在孤獨中長大，因而對「離別」特別敏感，並以這個題材寫了許多動人的詩篇；此外，他也編過多本詩選和文選，被初、高中當作教材使用，再加上他也是著名的偵探小說家，遂使得他極富人氣。

　　〈從我身邊走開〉談的不是男女情愛，而是父子之愛，可算是「示兒詩」。詩裡寫道，當他送兒子第一次上學，看著兒子猶豫、遲疑的走向校門，心裡突然覺得很痛。那是一

種衛星繞著行星轉，愈轉愈遠，漸漸分開的感覺；也彷彿像帶翅的種子，終將離開樹幹。但心痛歸心痛，他也知道這是人生的難免，因而詩的最後一段遂如此寫道：

> 我曾有過更慘的離別，但沒有一次它錐心刺骨甚於此，
>
> 或許說只有上蒼才知道其中的道理——
>
> 只有離開，自我始能開始，
>
> 而放手讓他走，始證愛之深。

賽希爾·戴·路易斯的這首詩，乃是當他的兒子長大之後，寫給兒子看的，用以顯示自己關愛之切。這是很好的父子互動，因而他們的父子情深，一直膾炙人口。

「離別」和「分開」，是我們每個人必須面對的難題，父母子女不管如何愛之切，終將有子女羽毛豐滿飛走的時候。「離別」和「分開」是個永痛的情節，總是會在師友、家人、情侶間發生。

但也正因此，不論哪種愛，遂都必須在情深意切的同時，也要有豁達祝福的成分。將「放手讓他走，始證愛之深」這個詩句用到其他情境，例如即將到來的畢業季節，不是也很貼切嗎？

從一見鍾情

If I had a thunderbolt in mine eye,
I can tell who should down.
如果我的眼睛會打雷、放電，
我知道誰該被打到。

──英・莎士比亞

「一見鍾情」（Love at first sight）乃是無論東方和西方都同樣存在，而且也用一樣的說法來談論的事。

　　而西方的「一見鍾情」的這種說法，它的創始人乃是英國的第一個劇作家，與莎士比亞同年出生，但出道稍早也較早去世的馬洛（Christopher Marlowe, 1564-1593）。莎士比亞的創作是在馬洛的基礎上發展出來的。

　　馬洛生長在十六世紀英國文藝復興的時代，對以前希臘時代的經典著作一定多少都有些涉獵。他一定知道在《柏拉圖對話錄》裡，蘇格拉底所說的：「『看』是身體感官裡最銳利的一項……它會激起我們對情愛的渴望。而美女最是特別，它乃是最明顯也最激起慾起的例子。」

　　於是，馬洛在他的戲劇《希洛和林德》裡逐如此寫道：

　　這理由無人知道，

　　而它顯然已成習慣，

我們的「看」都被眼睛所刁難；

若兩人都精打細算，

愛情即會貧乏，但曾經愛過的人，

不都是一見鍾情嗎？

後面兩行在那個時代曾風靡倫敦，成了人人動輒掛在嘴上的口頭襌：

Where both deliberate,

the love is slight,

who ever loved,

that loved not at first sight.

由於馬洛的「一見鍾情」實在太風靡了，因此許多學者認為，莎士比亞後來在他的戲劇《皆大歡喜》裡，遂出現這種多少有點借用意義的句子：

你只是看到她就愛上了她嗎？

而愛上即求婚？

求婚，她會答應嗎？

That but seeing you should love her?

and loving woo?

and, wooing, she should grant?

在《皆大歡喜》這齣劇本裡，莎士比亞有許多段落在說「一見就愛上」的現象。而最讓人驚嘆的乃是他也首次用了「眼睛會打雷、放電」這樣的說法。在台灣老輩的閩南話裡，「目睭放電」乃是一種常用語，我們不知道十六世紀的莎士比亞就已經有了同樣的說法：

如果我的眼睛會打雷、放電，

我知道誰該被打到。

If I had a thanderbolt in mine eye,

I can tell who should down.

因此，由「一見鍾情」、「目睭放電」這些在東方和西方都相似的句型，我們已可知道，人類的感情、認知、想像、譬喻的使用，在許多地方其實都是「心同理同」的，以後當我們讀古典作品，這方面的譬喻，可千萬別疏忽了！

過度裝扮

They strike mine eyes, but not my heart.
那些會吸引我的眼睛，
但並非我的心。

──英・班強森（Ben Jonson）

可以歇著了，你這貴冑名門

而今打理著你的皺皮膚

老皇后赫卡柏的臉永不可能

比得上亮麗的海倫兒媳婦

讓美色隨著青春而消褪

拒絕那諂媚奉承的梳妝鏡

手上捧本書吧！

一時燦若玫瑰

亦將如野草般凋殘的命運

去掉你那孔雀般的毛羽

你這濃妝豔抹怪樣的貴婦

而對正值純真年華的少女

也要拒絕那

虛名之旗的招搖飛舞

這首〈詩致一個塗抹其面的老貴婦〉乃是十六世紀英國學者詩人特伯維爾（George Turbervile, 1540-1610）的手筆。它對世俗女子執著於外表的美麗，到了老年則把臉當成畫布，在上面又塗又抹，頗有微詞。現在的人，儘管美容術日益發達，但它或許可以延緩美麗被時光侵蝕的速度，但終究還是無法讓青春永駐，這意味著此詩的警言仍將有效。對外表的美麗多用一點平常心，別搞得太過頭，乃是這首詩的要旨。而其中最鏗鏘有力的，乃是最後四行，原句為：

Remove thy peacock's plumes,

Thou crank and curious dame;

To other trulls of tender years

Resign the flag of fame.

在這首詩裡，用了一個特洛伊戰爭的典故，特洛伊的王子巴利斯（paris），拐走了斯巴達國王的妻子，天下第一美女海倫（Helen），而巴利斯的母后即赫卡柏（Hecube）。母后再美，也不可能與海倫相比。

而由上面這首詩，連帶必須一提的，乃是比莎士比亞晚

了半代的另一位大詩人班・強森（Ben Jonson 1572-1637）在〈沉默的女子〉裡的這些詩句：

　　給我一個外觀，給我一張臉，

　　它讓單純之美變成優雅的典範，

　　衣著寬鬆流暢，頭髮奔放如瀑，

　　這種甜美的單純更讓我被迷住，

　　它遠遠超過所有人為的風韻，

　　她們會吸引我的眼睛，

　　但不能打動我的心。

　　在這幾行裡，最好而且可以變化著使用的乃是最後一句，它是一種對比式的句型，乃是造句法裡的模範例證：

They strike mine eyes,

but not my heart.

情人變心

He asked for bread,

And he received a stone.

他希望獲得麵包，

收到的卻是石頭。

——英·衛斯理（Samne Wesley）

布特勒（Samuel Butler, 1612-1680）乃是十七世紀英國文壇傳奇人物。他出身農家，以詩和諷刺劇聞名，卻畢生貧窮，死時身無分文，後來卻入祀西敏寺詩人墓園，人們爲他立石像紀念。

　　比他晚了一輩的詩人衛斯理（Samnel Wesley, 1691-1739）遂於他入祠立像的時候，寫了這首著名的短詩：

　　當布特勒貧窮可憐活著的時候，

　　會賜以餐飯的恩主一個也沒有；

　　但看哪，等他窮餓致死歸於塵土，

　　人們卻立起石像來表示對他佩服；

　　詩人的命運在這件事裡被充分顯露：

　　他希望獲得麵包，收到的卻是石頭。

　　在這首詩裡，最好的是最後那個金句——一個句子裡，前後對比，深意自現：

He asked for bread,

and he received a stone.

而這種對比型的句子，無論在語言、作文或寫詩裡，都太重要了。這方面的金句可謂不勝枚舉。

例如，英國大詩人班・強森寫過一首談女人化妝的詩。他對大量的搽脂抹粉不以爲然，認爲純樸自然之美才是眞美。打扮之後的假美——

她們會吸引我的眼，

但不能打動我的心。

They strike mine eyes,

but not my heart.

另外，十九及二十世紀之交的大詩人豪士曼（A. E.Housman, 1859-1936）寫自然浩渺的秩序，以及世事的徒勞，就有過這樣的對比句型：

大雨不管怎麼下到海中，

都不能減損海水的鹽分。

It rains into the sea

And still the sea is salt.

而二十世紀另一大詩人格雷維斯（Robert Graves, 1895-1985）有一首指責情人變心的詩，也用了這樣的手法：

　　她不是說謊家，

　　但她卻洗掉了

　　唇上的蜜糖。

　　She is no liar,

　　yet she will wash away

　　Honey from her lips.

　　上面所引用的名句，皆以對比取勝，對比是一種很重要的表現方法。它可以用來營造矛盾，可以當作反諷，也可以用來當作搭配，讓句子的意象效果增強。它是一種非常基本、但也非常重要的表現手法。

　　而這種表現的方式，我們每個人不也常用嗎？當情侶們今天猶在甜言蜜語，明天鬧翻了，這時候就可說「昨天是昨天，今天是今天」。格雷維斯的詩裡有曰：

　　那些事早已不再，現在是今天。

　　Such things no longer are; this is today.

　　這種情況的表達，我們不也常用嗎？

愛夢與怕夢

What apparition rose,

What shape of terror stalking the darkness?

什麼樣的幻影浮現

何等形狀的恐怖悄然欺近了黑暗

——希臘‧尤里庇底士（Euripides）

湯顯祖的《牡丹亭》掀起了一陣熱潮。這齣因夢而死、因夢而生的愛情傳奇，讓人對文學裡的夢，引發了好奇。

　　如果我們從文學「基因」的角度來查考，或許會發現，在魏晉時代，類似《牡丹亭》這樣的傳奇就已經出現了，而且版本多樣。

　　由這類故事，顯示出我們對夢，始終有著一種浪漫的想像。正因為有這樣的浪漫想像，夢因而能夠打通幽冥，與人間的情愛相連，讓生者死，死者生，生生死死，兩情相牽。

　　而由中國文學裡的夢，就讓人想到西方人談夢，非常重要的代表性詩句。

　　那就是希臘悲劇詩人尤里庇底士（Euripides, 480-406? B.C.）所寫的這幾行：

　　什麼樣的幻影浮現

　　何等形狀的恐怖悄然欺近了黑暗

啊，大地女神

夢的子房

誰的陰沉翅膀

有如蝙蝠，攪亂了顫動的空氣！

What apparition rose,

What shape of terror stalking the darkness?

O goddess Earth

Womb of dreams

Whose dusky wings

Trouble, like bats, the flickering air!

在西方文學傳統裡，第一個把夢講清楚的，乃是荷馬的史詩《奧德賽》，後人所謂的「夢土」（démos oneirōn, village of dreams）即由此開始。

根據荷馬的說法，人類世界被一條叫作大洋河（Okenos）的神祕河流所圍繞，而「夢土」即在大洋河之外，在那裡已不再有任何實體，一切皆屬幻象。人在作夢時會到達那裡：

報信神帶著他們走過陰溼路

越過大洋灰黑的波濤它被稱雪巖

而後經過夢土的海岸及日落的窄峽

迅捷奔向死者的家鄉

水仙的殘枝堆在這世界的終點

因此，「夢土」是生死兩界的中介地帶，也是個報信的徵兆。而「夢土」又有兩個，一個深鎖在「角門」裡，它的大門密布角尖狀的突起，裡面是個神祕不可知的世界；另一個則深鎖在象牙門裡，它是個與現實相連的徵兆世界，人們可以由作夢看到未來。尤里庇底士遂寫道：

大地之母希望從報信神的神諭裡

將人拯救……

因而在夜晚藉著顯示神諭預告出眞相

由荷馬、尤里庇底士的談夢，可以看出希臘人談夢，乃是非常理性化的把夢看成是一種可怕的預兆。當他們對夢沒有了浪漫想像，害怕作夢遂成爲他們的文化習慣。西方以夢爲題材的文學較不發達，或許這就是原因。

寫一首情詩

Come live with me and be may love.
And we will all the pleasures prove.
與我偕往，做我愛人，
歡樂無涯，皆將成真。

──英·馬洛（Christopher Marlowe）

在西方的情詩傳統之中，「與我同往」（Come with me）或「向我走來」（Come to me），乃是一種非常古典的句型，並且留下了許多千古名句。

最被人熟悉的，乃是早夭天才詩人馬洛（Christopher Marlowe, 1564-1593）在〈多情牧羊人戀歌〉裡的起首句：

Come live with me and be my love.

And we will all the pleasures prove.

與我偕往，做我愛人，

歡樂無涯，皆將成眞。

而浪漫主義後期的詩人，後來覺得熱情並不足以濟世，智慧始能讓人類安身立命，因而變爲傑出評論家的阿諾德（Matthew Arnold, 1822-1888），則在名詩〈渴望〉裡如此寫道：

Come to me in my dreams, and then

By day I shall be will again.

For then the night will more than pay.

The hopeless longing of the day.

請入我夢中，而後

整天我將再度安心久久；

而夜晚也將不只是在付出，

為那鎮日無望焦渴的痛苦。

前拉斐爾派女詩人克莉絲蒂娜·羅塞蒂（Christina Rossetti, 1830-1894）則在〈回聲〉裡寫道：

Come to me in the silence of the night.

Come in the speaking silence of a dream;

Come with soft rounded cheeks and eyes as bright.

As sunlignt on a stream.

Come back in tears.

O memory, hope love of finished years.

走向我在夜的岑寂中，

進入睡夢歷歷在目的靜默；

來吧帶著柔軟渾圓的臉頰和明亮的眼睛，

如同流水上太陽的光波；

而含淚從夢中甦醒。

啊，那過往歲月的記憶、嚮往與愛情。

情詩是感情的剖白，是自我意識的萌芽。讀情詩和寫情詩，都對個人的成長大有裨益。年輕人，感情的鍛鍊，何不就從讀情詩開始。這裡所談的句型，只能算是一個小小的起點。

做個正人君子

The man of life upright,

Whose guiltless heart is free

一生皆正直的君子

他無罪的心將一片清朗

——英·坎比昂（Thomas Campion）

一生皆正直的君子
他無罪的心將一片清朗；
它沒有不誠實的行徑
亦無念頭上的欺妄。

他的普通日子
在無害的愉悅裡過得怡然；
他的希望不會是煽惑
也不會有讓人悲傷的不滿。

這種人不需要用高塔
或甲冑來保衛自己；
亦毋須建祕密的洞窟
逃避雷電的霹靂。

只有他能面對

以毫無畏懼的雙眼；

那些來自深淵的恐怖

以及穹蒼中的驚顫。

他蔑視所有那些

明運機緣所造成的憂苦；

他以上天為自己的書

他的智慧也達到天庭的程度。

正派是他唯一的朋友

他的財富乃是好好過完的一生

大地是他端莊的客棧

也是他寧靜安詳的生命旅程。

　　上面這首〈正人君子〉（The Man of Life Upright）出自

十七世紀初的英國詩人醫生兼作曲家坎比昂（Thomas

Campion, 1567-1620）。在我們的社會紛亂如麻，詭辭欺騙盛行，政客也愈來愈不像正人君子的此刻，讀到這首詩，難免格外讓人傷感。如何做個正人君子，一切堂堂正正，而不是耍詐、耍嘴皮，顯然仍是我們社會有待努力的目標。

在西方的詩歌傳統裡，最早是以宗教詩和勵志詩為主流的，它是西方文化沉澱的底層，人的品類因而得以提升，但這些顯然都被我們忽視了。

坎比昂的這首詩，鏗鏘有力，值得我們體會。尤其是它的前四行最值得記誦：

The man of life upright,

Whose guiltless heart is free

From all dishonest deeds

And thought of vanity.

孩童是成人之父

The Child is father of the Man;

And I could wish my days to be

Bound each to each by natural piety.

孩童是成人之父，

而但願我生命的每個日子，

能靠著自然的虔誠連在一起。

——英‧華滋華斯

英國浪漫詩人華滋華斯，在名詩〈我心振奮〉裡有一個三行的詩段，後來，他在代表作長詩〈永生頌〉裡，又特地把這三行當作全詩的引子。這三行是：

The Child is father of the Man;

And I could wish my days to be

Bound each to each by natural piety.

孩童是成人之父，

而但願我生命的每個日子，

能靠著自然的虔誠連在一起。

這三行詩，乃是金句中的金句，很值得做進一步的探討和詮譯。

華滋華斯乃是浪漫的自然主義詩人，他對自然充滿了虔誠的敬畏之心，認爲自然的虔誠即是人與自然對話，足以啓發生命的眞諦。

在〈我心振奮〉裡，他藉著看彩虹時的驚嘆，把自己的
這種生命態度，濃縮成這三行句子。在句子裡，「孩童」及
「成人」這兩個字都被大寫，顯示出他所謂的「孩童」與
「成人」已非具體的人，而是代表了人生階段的抽象觀念，
意思是說，我們應常保赤子之心，對自然敬畏禮讚，若能如
此，就是「孩童是成人之父」。

而可以想像得到，華滋華斯本人必然也對這三行相當滿
意並重視，因而後來遂在兩百行的長詩裡將它列爲引子，並
做出深刻的演繹。

〈永生頌〉是華滋華斯的最重要作品之一，可以說是一
首心靈史詩，這首詩從人的天眞無邪說起，講到被塵世的牽
絆所污染，最後由無邪歲月的回憶重新喚回生命的喜樂。在
這首長詩裡，有兩個兩行的句子非常精湛，它們是在述說塵
世的牽絆所造成的麻痺：

As if his whole vocation

Were endless imitation.

彷彿他人生的全部志向

只是無止境的塵世模仿。

And custom lie upon thee with a weight

Heavy as frost, and deep almost as life!

塵世的習性成了你的負擔，

重若霜雪，進到生命的深處。

〈永生頌〉有很多擲地有聲的深刻句子，這裡所引的七行，都值得記誦下來。

愛麗絲之夢也不錯

Lingering in the golden gleam

Life, what is it but a dream?

戀著斜陽看著落

人生如夢真不錯

——英‧路易士‧卡洛（Lewis Carroll）

（翻譯：趙元任）

幾乎每一個人都知道《愛麗絲夢遊仙境》，但知道《愛麗絲夢遊鏡中世界》的可能就少多了。

十九世紀的英國，最偉大的童話作家路易士‧卡洛（Lewis Carroll, 1832-1898）誕生了。他自幼就喜歡寫文章、玩字謎，以及做各式各樣的文字遊戲，後來成為牛津大學的數學教授。他性格內向、口吃、未婚，喜歡和小女孩做朋友，因而有人認為他是「變童癖」。

然而儘管他表面拘謹，想像力卻極為豐富。除了愛麗絲的故事外，還寫得一手好詩，尤其是童詩。他的《愛麗絲夢遊仙境》初版於一八六五年，由於印刷編排不好，只賣出六本。翌年改版重印，成了暢銷書。當初賣掉的那六本第一版，因此而成為最昂貴的骨董書，價值在一百五十萬美元以上。

路易士‧卡洛喜歡玩文字遊戲，他本名 Charles

Lutwidge Dodgson。於是，他先把名字變成拉丁文，再轉成另一個英文字。他將 Charles 改成 Carolus，再改成 Carroll；同時則是 Lutwidge 到 Ludovicus 再到 Lewis，再把它倒過來，這就是他筆名的起源。

他自己還發明了一種玩法，舉出一個字，要別人每次換一個字母，最後換成另一個字，換字母次數最少的人即贏了。例如，由「麵粉」（Flour）變成「麵包」（Bread），即經過 Flour→ Floor → Flood → Blood → Brood → Broad → Bread 一共七次變化。

愛麗絲的故事裡有許多童詩，最有大人味的是《愛麗絲夢遊鏡中世界》裡最末尾的這首：

In a wonderland they lie,

Dreaming as the days go by,

Dreaming as the summers die!

Ever drifting down the stream...

Lingering in the golden gleam...

Life, what is it but a dream?

這首詩用字簡單，意境不錯，很容易琅琅上口。以前，著名的語言學大師趙元任曾遊戲式的做過翻譯，翻得非常巧妙：

本來都是夢裡游

夢裡開心夢裡愁

夢裡歲月夢裡流

順著流水跟著過

戀著斜陽看著落

人生如夢真不錯

趙元任先生是一代才子學人，他能詩也能作曲，我們熟悉的「教我如何不想他」、「海韻」、「賣布謠」等歌曲，都是他作的曲。他的上述翻譯，意思沒有走樣，而音韻卻格外鏗鏘，是個好翻譯。

静静往前走的霧

The fog comes
On little cat feet
霧來了
以小貓的步伐

——美·卡爾·桑德堡（Carl Sandburg）

霧來了

以小貓的步伐

它坐著俯視港灣和城市

靜靜的拱著腰

而後繼續往前走

The fog comes

On little cat feet

It sits looking

Over harbor and city

On silent haunches

And then moves on

　　這是一首非常有名而傳奇的詩。短短的六行，共二十一個字，由於寫得簡潔新穎，遂被不斷的反覆引用，創下美國歷史上一個字最高報酬的紀錄。這首詩的作者即是卡爾‧桑

德堡（Carl Sandburg, 1878-1967）。他可以說是第一個「城市詩人」──他後半生都在芝加哥，他也寫芝加哥，芝加哥被美國人視爲「大肩膀城市」（City of the big shoulder），即出自他另一首名詩〈芝加哥〉裡的句子。

桑德堡是瑞典的第二代移民，由於出身貧窮，年輕時做過許多低微的工作，如送牛奶、收割工、理髮店門房、洗盤子工、磚工等，甚至還短暫的從過軍。但他力爭上游，半工半讀，後來終於成了美國中西部的大詩人。

由於他的學歷不高，專科都沒有畢業，因而他的詩相當的草根性，學院內的評價不高，讀者卻極多。除了寫詩外，他也蒐集民謠，以及寫林肯的傳記。他畢生兩度獲普立茲獎，一是詩全集，另一則是四卷本的《林肯傳》。他對林肯的研究有著經典性的成就，縱使到了今日，仍不斷被提到。

桑德堡已逝世三十五年，二〇〇二年突然之間再度出了大新聞，那就是有一大批他的資料重新出土。他活著時，出版社的主編有一箱他的資料，包括手稿、信函、相片等，總計數千頁之多。主編逝世後到了姪子手上，姪子死後又由遺

孀擁有。她不知道這箱東西的重要，找了骨董舊貨商來處理；這個商人卻頗識貨，知道這一箱都是寶貝。由於這一箱資料被發現，當然成了美國文化界的大事一樁。

在桑德堡的大名又被人提到的此刻，讓我們也回頭重讀他那首著名的短詩吧！

我知道何謂眞理

I know the truth
Give up all other truths!
我知道何謂真理
即拋棄所有其他真理！

——俄・絲薇塔耶娃（Marina Tsvetayeva）

I know the truth —— give up all other truths!

No need for people anywhere on earth to struggle.

Look——it is evening, look, it is nearly night:

What do you speak of , poets, lovers, generals?

我知道何謂真理——即拋棄所有其他真理！

世界上任何地方的人無需再爭鬥。

看吧，這是黃昏，看吧，已是近晚，

你們說呢？詩人們、情侶們、將軍們。

這是俄國前代主要女詩人絲薇塔耶娃（Marina Tsvetayeva,1892-1941）最著名的詩句之一。尤其是其中第一句，幾乎已成了曠世名言，無論是否知道出處，人們都已很習慣於這個句子。她的詩主要是在說，事情是什麼就是什麼，這即是真理。但若有人堅信自己大過真理，乃是真理的代言人，真理就被摧毀。

073

而可以想像到，有這種想法的絲薇塔耶娃，她的一生必然極為坎坷悲慘。她出生於文化菁英的世家，父親是俄國第一座現代藝術館「亞歷山大三世博物館」的創辦人，該館後來被改名為「普希金博物館」。

　　由於自幼的陶冶，她六歲就寫詩，十八歲出版第一本詩集《黃昏集》，翌年嫁給了同屬世家子弟的軍校學生艾弗隆（Sergei Yakov levich Efron）。接著她又出版多本詩集，並先後生了亞里安達（男）、愛瑞娜（女）、喬治（男）等三個子女，婚姻與寫作都非常順利。

　　在一九一七年，俄國大革命的時候，他們夫婦都是在白軍這一邊，反對紅色蘇維埃。接下來的一九一九年多天到一九二○年，莫斯科大饑荒，由於缺乏糧食，她被迫把女兒送進孤兒院，希望在救濟下能夠活下來。但她的願望落空，女兒於一九二○年餓死。

　　一九二二年，由於她的丈夫已先流亡到柏林，她遂帶著長子前往投奔，而後經捷克布拉格，到巴黎定居，在這裡住了十四年，一直寫作不輟。

而這時她的丈夫卻改變政治態度，幫蘇聯海外特務機構工作；一九三七年甚至笨得偕同長子返回蘇聯，一入境就被逮捕。她聞訊後趕回，但丈夫終於在一九四一年被處死。長子被判八年勞改，文學圈的人都嚇得不與她往來。她當年留在家鄉的次子也對她不諒解。

　　一九四一年八月，在德軍入侵莫斯科而眾人逃難之際，她上吊自殺，年僅四十九歲，沒有任何儀式的被埋葬於荒塚。在二十世紀俄國文學裡，她是表現最傑出、下場卻最悲慘的女詩人。

天眞的童心

Clean hands, and clean faces, and neatly-combed hair.

And garments made decent and plain.

Are better than all the fine things they cam wear.

乾淨的手和臉，頭髮梳理清爽，

外觀端莊清淡，

好過任何華麗的扮妝

──英·泰勒姊妹

「童謠」（Nursery Rhymes），乃是詩的國度裡最特殊的一塊版圖，童謠必須辭簡義正，必須要有天眞的童心。因而好詩人易有，好的童謠作者難尋。

而要論及童謠，則不能不談安‧泰勒（Ann Taylor, 1782-1866）及珍‧泰勒（Jane Taylor, 1783-1824）這對姊妹，她們可以說是英語童謠裡的頂級作家。差不多全世界的兒童都會唱的那首「小星星」，就出自珍‧泰勒的手筆，這首童謠作於一八〇六年，已將近有兩百年的歷史。

泰勒姊妹都致力於童謠寫作，一八〇四年，兩人聯名發表的《童心詩集》，轟動了歐美，單單在英國即連刷了五十版之多。她們的童謠清簡正派，善良溫柔，包括大作家史考特爵士及大詩人布朗寧，都不吝於表示他們的崇拜。縱使到了今天，她們的作品仍然深受全世界的喜愛。

泰勒姊妹的作品多得難以舉例，但有一首〈華服之不雅〉

（The Folly of Finery），字字珠璣，苦口婆心，倒是和現在這個時代有關。這首童謠共十六行，前八行為：

> Some poor little ignorant children delight,
>
> In wearing fine ribbons and caps;
>
> But this is a very ridiculous sight.
>
> Though they do not know it perhaps.
>
> Clean hands, and clean faces, and neatly-combed hair.
>
> And garments made decent and plain.
>
> Are better than all the fine things they can wear.
>
> Which make them look vulgar and vain.

有些無知的可悲小孩興致高昂，

穿起華麗緞帶與花帽；

但這卻是多麼可笑的模樣，

雖然他們可能不知道。

乾淨的手和臉，頭髮梳理清爽，

外觀端莊清淡，

好過任何華麗的扮妝，

因為那使他們看來虛榮俗豔。

　　這首童謠體的詩裡，希望小朋友穿衣要端正樸素，不要
弄得華麗俗豔，反而顯得土氣可笑，這種道理不是永遠有效
嗎？

鄉村小提琴手

The earth keep some vibration going
There in your heart, and that is you.
大地讓某種脈動持續，
它在你的心裡，它就是你。

——美‧馬斯特斯（Edgar Lee Masters）

I ended up with forty acres

I ended up with a broken fiddle——

And a broken laugh, and a thousand memories,

And not a single regret.

我終究只有四十畝地

我終究只有一把破琴——

和間歇的笑，及千種記憶

但卻了無憾恨。

上面的詩句，出自二十世紀初，美國主要詩人馬斯特斯（Edgar Lee Masters, 1869-1950）的《匙河集》（*Spoon River Anthology*）。在物慾高漲的這個時代，連大學生都會因爲刷爆信用卡，鋌而走險的賣護照；甚至還有化學系的博士生，在實驗室製造安非他命。這個詩句裡所說的恬淡人生觀，遂變得格外可取。

馬斯特斯乃是出身於美國中西部，非常本土化的詩人。他是律師而酷愛寫詩。後來有位朋友送他一大冊《古希臘墓誌銘選集》，在深受啓發之餘，他遂於一九一五年寫出了《匙河集》。匙河是個村鎮地名，整本詩集以墓誌銘的方式寫一個個的當地人，因而這本詩集又稱爲「微型傳記詩」，一共寫了兩百一十四個人。到了一九二四年，他又出版《新匙河》，這次寫了三百二十二個人。《匙河集》出版後使得馬斯特斯聲名大噪，到一九六一年共發行了七十版，被譯爲八種文字，並改編過戲劇和歌劇。

　　《匙河集》所寫的兩百一十四個人裡，鄉村小提琴手瓊斯（Fiddler Jones）是個農夫，只耕四十英畝地，從未說過想要得更多（Not to speak of getting more）。他有自己的人生態度，那就是

The earth keep some vibration going

There in your heart, and that is you .

大地讓某種脈動持續，

它在你的心裡，它就是你。

因而他遂喜歡音樂，喜歡大自然的鳥叫蟲鳴，喜歡與鄉里之人同歡，並拉小提琴爲樂。他種了一輩子的田，最後還是四十畝，沒有俗世的財富與成功，卻一生自在，了無憾恨。

　　英國浪漫大詩人華滋華斯也曾寫過，人們太執迷於「得與花」（Getting and spending），以至於失去了對自然與生命的觀照。他這句「得與花」後來成了被固定下來的英文片語。意思就是指人的被物慾征服。《匙河集》裡的鄉村小提琴手瓊斯，他自在無憾的恬淡人生，不也很讓人羨慕嗎？

用我的愛覆蓋你

I cannot touch

Her lonely hurt

我無法觸摸

她孤單的傷痛

——美・喬安娜・魏絲頓（Joanna M.Weston）

一個大陸的媽媽，小孩得了絕症，她賣了房子到美國求診，錢用完了，甚至上街行乞。

　　一個新疆維吾爾族的媽媽，女兒罹患眼疾，她萬里迢迢帶著女兒來台灣就醫。

　　這些都是感人的媽媽的故事。而最近我恰好也讀到了兩首類似題材的詩作。

　　一首由瑪莉‧伊絲特班（Mary Eastbam）所寫，題為〈對病中女兒的諾言〉：

　　從前當我生病，

　　我的媽媽會坐在床邊，

　　徹夜照顧，盡她所能，

　　用涼毛巾揉撫著我的太陽穴。

　　而我的女兒，

　　我承諾也會這樣對你。

你會聽見我的聲音。

撫慰著你直到入睡。

在黑夜中感受到我按摩

你那可愛的小手小腳。

用我的愛覆蓋著你，

直到再好起來。

　　這首詩平易溫馨，道盡媽媽的愛心。但另一首由喬安娜・魏絲頓（Joanna M.Weston）所寫的〈女兒手術〉，就非常椎心刺骨了。這首詩略長，它寫女兒住院手術，媽媽看著，心裡痛得不得了，詩的最後有這六行：

I cannot touch

her lonely hurt

into my experience.

I cannot breathe for her

and take these fears

into my own nightmares.

我無法觸摸

她孤單的傷痛

進入我的經驗中

爲了她我不能呼吸

和將這些憂懼

帶進我的夢魘裡

　　子女的病痛，媽媽的感受十倍、百倍及之。在這幾句詩裡，已盡現無遺。

離別但不哀傷

But if the while I think on thee, dear friends,

All losses are restored and sorrows end.

但當我思念到你，好友，

所有的失去即告恢復，哀傷也不再駐留。

————英‧莎士比亞

六月是離別之月。畢業的各奔東西，出國的情侶分飛，都在這個月份裡。六月是人生往前走，卻帶著離別哀傷的季節。

　　因此，離別遂成了人類永遠的傷感，而有關離別的詩也就特別的多。莎士比亞的十四行詩第三十首，談的就是離別以及離別後對朋友的思念。他在詩裡哀嘆朋友的不再，並為以前業已失去而哭泣。但到了詩的最後，筆鋒一轉，他卻寫出了這樣的句子。這個句子很值得寫在畢業紀念冊上：

　　But if the while I think on thee, dear friends,

　　All losses are restored and sorrows end.

　　但當我思念到你，好友，

　　所有的失去即告恢復，哀傷也不再駐留。

　　莎士比亞的這個詩句，所說的道理很簡單，卻深刻而正面。離別誠然令人傷感，思念卻能克服離別，讓友情的記憶

長存。有人可以思念，就是一種幸福。

　　另一位宗教感極強的英國詩人蒙哥馬利（James Montgomery, 1721-1854），有一首〈離別的朋友〉，則把道理講得更深了。他在詩裡說到，有誰沒有過離別甚至失去的痛苦？但這種塵世的悲傷，其實並沒有那麼重要。因為人不過是塵世的過客，難免在來來往往中聚散離合。那麼，我們究竟要怎麼辦呢？詩裡有一段如此說道：

Beyond the flight of time

Beyond this vale of death

There surely is some blessed chime

Where life is not a breath

Nor life's affections transient fire

Whose sparks fly upward to expire

在飛逝的時間之上

超過了死亡的幽谷

確實有著某個真福的地方

生命在這裡不是氣息的吞吐

　離別但不哀傷

人生的情義也非倏忽的火花

它向上飛起而只有短短一刹

　　因而這首詩寫到最後，以一種祝福的方式，希望所有的
朋友都努力向善，俾替那永遠的重逢做準備。詩的尾句，把
每個離別的朋友都比喻成消逝的星星：

Nor sink those stars in empty night

They hide themselves in heaven's own light.

星星並未在空虛的夜裡沉降，

而是在天庭的亮光中隱藏。

　　或許，在面對離別的時候，我們也應有這樣的心態吧！

感性之門第二扇

高雅的幸福感

春天的活潑氣氛

The year's at the spring,

And day's at the morn.

一年四季正當春，

一日之際恰逢晨。

——英・布朗寧（Robert Browning）

The year's at the spring,

And day's at the morn.

Morning's at seven.

The hill-side's dew-pearled,

The lark's on the wing,

The snail's on the thorn,

God's in his heaven,

All's right with the world!

一年四季正當春，

一日之際恰逢晨；

時當清早七時許，

山坡朝露如珠玉。

雲雀展翅高飛翼，

蝸牛漫步棘叢裡；

上帝端坐在天上，

世間萬事皆吉祥。

這個詩段出自英國十九世紀大詩人布朗寧（Robert Browning, 1812-1889）的詩劇《比琶走過》（Pippa Passes）。其中的最後兩句，是被引用得最頻繁的名句之一。在這裡，爲了翻譯的方便，我將它原本的四行一韻改成了雙行體。

單純從這個詩段的意旨來看，它所描述的乃是春天清晨的活潑氣氛；這是一種自然秩序，一切吉祥安好。

但事實上，這個詩段乃是另有所指。《比琶走過》這齣詩劇，所說的乃是發生在義大利威尼斯附近阿索洛鎮（Asolo）的一個故事。比琶是個年輕的絲織女工，她羨慕同鎮「四個最快樂的人」——絲織商人的妻子奧蒂瑪、雕刻師朱利斯、愛國青年雷吉，以及當地的主教。

於是，整齣詩劇遂以比琶一一走過這些人家的方式，呈現出這四個人表面亮麗、實則敗德的生活。在這樣的對比下，上述那一段由比琶所吟誦的詩句，遂形同反諷，這種反諷式的批評，在布朗寧其他作品裡也常見。

不過，儘管有對比反諷之意，「上帝端坐在天上／世間萬事皆吉祥」，卻早已脫離它原來的脈絡，自成名句。人們也可以正面或反面的加以引用。因為，這的確是個好句子啊！

每顆心都歡娛

To every heart a joy.

To every child a toy.

Shelter for bird and beast.

每顆心都歡娛

每個孩子都有玩具

鳥獸則得到庇護平安。

——英·費蕾曼（Rose fyleman）

耶誕節是西方人每年最重要的節日。大作家D.H.勞倫斯（D.H.Lawrence, 1885-1930）曾這樣寫過耶誕節的意義和氣氛：

　　「大家的盼望更熱切了。天上星辰亮起，歌聲與頌讚已準備爲它歡呼。如果燦爛的星星是天上的徵兆，塵世的歡樂則是它的對應。

　　「當傍晚到來，心跳隨著盼望而加快，每隻手都提著準備的禮物，教堂彌撒則是讓人興奮的頌辭。夜晚過了，清晨時每個人都得到了禮物。每個人的歡樂與平和，就像心靈翅膀般『啪啪』鼓動。頌歌處處，世界的和平降臨，爭戰成了過去，手連著手，每顆心都在歌唱。」

　　耶誕節（Christmas）乃是「基督」（Christ）和彌撒（Mass）的合成字。但雖名爲「耶誕」，卻顯然和耶穌的生日無關。歷史學者考據的結果，曾分別提出耶穌生日的多個版

本，計有八月二十日、五月二十日、四月十九日或二十日、十一月七日、三月二十八日等，卻沒有十二月二十五日。

今日的耶誕，真正的緣起是古代北歐的冬至節，人們燃起大篝火，替太陽神加油。於是早期的教父們，選擇了接近冬至的十二月二十五日來慶祝耶穌誕生，並賦予它光明和希望等含義。

耶誕節雖然起源極早，但今天大家習以為常的耶誕習俗卻並不古老：耶誕卡首現於一八四三年，由世界的「郵票之父」——英國黑便士郵票的設計者柯爾爵士提出點子，英國皇家學院院士霍斯萊繪製，全球第一張耶誕卡當年只賣了一千張。

耶誕樹則開始於一八三八年。德國以前稱各類針葉樹為「聖夜樹」。德國移民到了美國後把這種習俗帶入，美國人再把它和耶誕節相連。

耶誕老人也同樣起源於美國。四世紀在小亞細亞出過一個傳奇的善心人物聖尼古拉斯主教，他後來在荷蘭等地成了兒童守護神，十二月六日是他送禮物的日子，荷語發音為

Sint Klaas。荷蘭移民把這個習俗帶進美國，不用原來的十二月六日，而併入耶誕節，發音也美國化，成了 Santa Claus。

而有耶誕節，當然也有耶誕詩。耶誕詩都不稱「詩」，而稱「頌」（Carol），「耶誕頌」並已成為詩裡的一種類型。當代的童詩作家費蕾曼（Rose Fyleman）寫了一首極短詩〈耶誕祝願〉，可以作為給大家的賀禮：

To every hearth a little fire.

To every board a little feast.

To every heart a joy.

To every child a toy.

Shelter for bird and beast.

願每個壁爐燃起溫暖的小火

每家餐桌都有小小的喜筵

每顆心都歡娛

每個孩子都有玩具

鳥獸則得到庇護平安

萬物的深意

And love is love, in beggars and kings.
愛就是愛，不論乞丐或君王皆然。

——英·戴爾爵士（Sir Edward Dyer）

最矮的樹也有頂，螞蟻也有膽氣，

蒼蠅也會發怒，小火星亦有熱度；

纖纖頭髮也會有影子，雖然這麼細，

蜜蜂有刺，儘管它一點也不粗；

大海有源頭，一樣也是窄窄清泉，

愛就是愛，無論乞丐或君王皆然。

最平靜的流水，最深處也是河灘，

日晷隨時在變，無人察覺它的移動；

最堅定的信念只需最少文字言談，

龜類不會歌唱，但知道愛是什麼；

真心自有耳與眼，無需舌頭來浪費；

它會聽和看、嘆息，以及破碎。

這首〈最矮的樹也有頂，螞蟻也有膽氣〉的詩，是早期

伊莉莎白一世（西元一五三三年至一六〇三年）時代的作品，由主要廷臣戴爾爵士（Sir Edward Dyer, 1540-1603）所寫。那個時代又稱「莎士比亞時期」，乃是英國文學的第一個高峰。詩人和劇作家人才輩出，風格古典，善於選取巧妙的譬喻，閱讀這個時期的作品，就如同讀漢賦唐詩，最能掌握住整個英國文學的精髓。

這首詩，典雅而鮮活，說的是萬物皆然，無論高尚低下都有相似的道理。許多我們忽略的，也有它的深意，尤其是第一段，更有勉勵人們不要妄自菲薄的寓意。它句句皆珠璣，最適合默記在心：

The lowest trees have tops, the ant her gall,

The fly her spleen, the litter spark his heat;

The slender hairs cast shadows, though but small,

And bees have stings, although they be not great;

Seas have their source, and so have shallow springs;

And love is love, in beggars and kings.

所有民族的早期文學，都非常著重觀察、比較，以及各

萬物的深意

種類型的譬喻，而後藉此來凸顯某種道理和想法，甚至形成某種意象，而後，這些意象就變成了它的文學基因之一。在這首詩裡，它最值得注意的，就是譬喻的運用。

智利知名詩人聶魯達（Pablo Neruda, 1904-1973）曾被人問過如何寫詩的問題，他的答覆即是「譬喻」。這當然答得太抽象，也太簡化，但「譬喻」的重要已由此可見。

誰創造了你

He is meek, and He is mild.

He became a little child.

祂溫柔，祂謙恭，

祂變成了個小小兒童。

——英·布萊克（William Blake）

十二生肖有羊年，在漢文化裡，由「羊」而延伸出「祥」「美」「善」。因此，羊年也被認為是個好年。但不是「飛黃騰達」「馬到成功」那種積極的好，而是「吉祥如意」「安寧祥和」的穩定之好。

　　而在西方的社會和文學裡，羊除了在童詩童謠裡具有「可愛」「善良」的特性外，更普遍的乃是所謂的「羔羊意象」。它是基督舊新教長期薰陶下的結果，因而凝聚成了西方共同的「文化元素」。

　　在新約〈約翰福音〉第一章第二十九節裡，施洗約翰以「上帝的羔羊」，除去世人罪孽的這個稱號來說耶穌。於是，「上帝的羔羊」這個名號，不論用拉丁文 Agnus Dei，或用英文大寫的 The Lamb of God 來表示，都是對耶穌的敬稱。

　　而除了〈約翰福音〉外，其他如舊約〈以賽亞書〉第五十三章第七節、新約〈彼得前書〉第一章第二十節、〈使徒

行傳〉第八章第三十二節，以及〈啓示錄〉裡計有二十八次，都提到耶穌的「羔羊意象」，並以祂的死來譬喻世人的獲救。

於是，Agnus Dei遂由一個專有名詞，變成了特定的類型名詞──「羔羊讚」。它從第七世紀開始，就是教會禮儀中的主要內容。幾乎所有的偉大古典作曲家，都在他們的彌撒曲裡留下重要的「羔羊讚」樂段。

在這種宗教文化影響下，「羔羊意象」甚至影響到詩。當詩人創作以羊為題材的作品時，這種「讚」的風格都會自然流露。英國大畫家兼詩人布萊克帶有童詩意涵的〈羔羊讚〉堪稱代表：

小羔羊，誰創造了你？

你是否知道這是誰的意？

給你生命，將你餵飽，

在溪流邊，四處皆青草。

賜你快樂的衣裳，

至軟，至柔，至亮；

給你如此嬌嫩的聲音，

整個山谷都充滿歡欣。

小羔羊，誰創造了你？

你是否知道這是誰的意？

小羔羊，讓我告訴你，

小羔羊，讓我告訴你，

祂的名號和你一樣，

因爲祂也就是自己爲羔羊，

祂溫柔，祂謙恭，

祂變成了個小小兒童。

我是兒童，你是羔羊，

我們都和祂的名一樣。

小羔羊，上帝賜福予你！

小羔羊，上帝賜福予你！

在這首〈羔羊讚〉裡，最言淺意深的是：

祂溫柔，祂謙恭，

祂變成了個小小兒童。

He is meek, and He is mild.

He became a little child.

因為這裡有一個非常重要、但我們都幾乎很少用到的字：「溫柔」（meek）。

這個字在〈馬太福音〉第五章第五節裡曾出現過：

Blessed are the meek for they will inherit the earth.

溫柔的人有福了，因為他們必承受地土。

其實，把這個字譯為「溫柔」，只能算極為「勉強」。它的真實含義，包含了一切體貼、仁慈、包容、利他的特性。真正的宗教胸懷就在這個字之中。甘地之所以偉大，乃是他畢生都在奉行這個字。在此刻，但願我們也把 Meek 長記在心。

天使也不敢踏進

For Fools rush in where Angels fear to tread
天使也不敢踏進之處愚人卻湧入。

——英·波普〔Alexander

美國對阿富汗之戰，仍未結束。阿富汗在過去數百年來屢遭強權入侵，大英帝國三次大舉進攻皆慘敗而回，俄國軍隊曾經打敗過拿破崙和希特勒的大軍，但強佔阿富汗十年，用盡一切殘酷手段，終究還是自承失敗而退。

　　最近在外國許多談論阿富汗問題的文章中，看到有一個作家用了「天使也不敢踏進的地方」（Where even angels fear to tread）這樣的句子，來形容阿富汗。我不由得笑了起來。這是巧妙的挪用，借自十八世紀英國首席大詩人波普（Alexander Pope, 1688-1744）的名句：

　　For Fools rush in where Angels fear to tread

　　天使也不敢踏進之處愚人卻湧入。

　　波普在英國文學史上聲名顯赫，影響深遠。他雖然出身富裕商人之家，但因童年得病，體弱駝背，使得他從未接受過一天正式教育。但他聰明絕頂，依靠自修，十五歲時就已能讀

希臘文、拉丁文、法文和義大利文。他曾經將荷馬史詩《伊里亞特》由希臘文譯為英文，膾炙人口。他自己的詩作以諷刺取勝。這裡所引的句子，即出自他的《諷刺詩集》第三書第六百二十五行。他多數詩作都以「英雄雙行體抑揚五步格」的形式寫成，兩句兩句的對偶押韻，每行十個音節，以輕重輕重的方式念誦，他認為這最能表現出他想要表達的諷刺意涵。

有關「天使也不敢踏進之處愚人卻湧入」這個句子，乃是他諷刺愚蠢但卻自大的人的許多名句之一。波普在這個詩句的章節裡指出，社會上充斥著各種半弔子的笨人，他們讀書不求甚解，但卻自以為是，到處發表愚笨的意見。當時倫敦的聖保羅教堂庭院乃是市集之處，可以看到他們在那裡胡言亂語。縱使你進了教堂，甚至到了天使也不敢踏進的祭壇，笨人仍會追著喋喋不休。由此可以看出他的諷刺是多麼的嚴苛而又誇張了。

因此，把波普的詩句挪用來說阿富汗，它已非原句的本義，而是在挪用中賦予它另一種完全不同的意義。但儘管如此，用這個句子來說阿富汗，仍然讓人覺得十分貼切！

憂鬱之中

For shade to shade will come too drowsily

And drown the wakeful anguish of the soul.

陰影加陰影將帶來更多糊塗昏沉

而讓心靈陷入無止境的痛苦煩憂。

——英·濟慈（John Keats）

For shade to shade will come too drowsily

And drown the wakeful anguish of the soul.

這兩行詩句，乃是英國大詩人濟慈（John Keats, 1795-1821）的名詩〈憂鬱詠〉（Ode on Melancholy）的主題金句，可以翻譯為：

陰影加陰影將帶來更多糊塗昏沉

而讓心靈陷入無止境的痛苦煩憂。

而論及〈憂鬱詠〉，則一定要從十七世紀英國牧師學者柏頓（Robert Burton, 1577-1640）所寫的名著《憂鬱的剖析》說起，它是心理疾病研究的早期經典著作。這本書在一六二一年出版後即紅極一時，過了一百年後，更被當時的文豪薩繆爾·約翰遜（Samuel Johnson, 1709-1784）大力推崇，並影響到後來的濟慈。因此，對柏頓的《憂鬱的剖析》缺乏理解，即很難掌握〈憂鬱詠〉的深意，甚至連前述的金句，也

有可能被誤解失真。

「憂鬱」乃是一個很難清楚定義的概念與心理症候。在柏頓的《憂鬱的剖析》中，首度將憂鬱做了百科全書式的析論。他認為「愚蠢、憂鬱、瘋狂乃是同一種心理疾病，而譫妄則是它們的共同特徵」。在書裡，他把抓狂的嫉妒，神經質的迷信、發狂，孤獨所造成的失常，以及為愛顛狂，過度的慾望和野心所造成的狂亂等，都歸到了憂鬱之下。

柏頓自己就是個極度憂鬱的人，因而他自稱：「我寫憂鬱，乃是要讓自己忙碌，以免掉進憂鬱中。」他認為一個人如果孤獨，加上無所事事，就會鑽牛角尖，一直去想各種負面的、不如意的事情，苦惱將因此而永不停止，因而他遂特別告誡人們：「不要孤獨，不要閒怠。」（Be not solitary, be not idle.）

當理解了柏頓的觀點後，回頭來讀〈憂鬱詠〉，就變得非常清楚了。濟慈延續著柏頓的觀點，認為人千萬不要閒著，一天到晚淨想著各種消極的事情。蓋因如此，苦痛煩惱就會一直繼續。

這個金句裡的「一直醒著的」（wakeful），意思就是「不會停止的」。濟慈認為人只有發揚及分享生命的美好，始可能擺脫憂鬱的入侵。在古代，憂鬱經常被認為是個「藍色惡魔」，藍色因而成了憂鬱的代號。

　　到了今天，把瘋狂歸在憂鬱之列，似乎已不大被人接受，但憂鬱會引發許多嚴重的症候，卻已成了一種共識。希羅時代的名醫阿瑞泰烏斯（Aretaeus, 150-200），曾說過下述值得警惕的名言：「因憂鬱而苦的人會變得遲鈍呆板，經常沮喪或非理性的麻痺，但卻找不到明顯的原因，這乃是憂鬱的起源。他們經常彆扭，無精神，由於睡眠不安所造成的失眠，無來由的恐懼等……他們最後經常變得麻木僵硬怔忡空虛，並不理會各種事情，甚至連自己都忘記，並活在一種卑賤的動物狀態中。」

　　在我們這個時代，憂鬱症已日趨普遍，這時候反芻一下濟慈的詩句，對「藍色惡魔」保持戒心，或許不無助益吧！

一種高雅的幸福感

that even the unopened future lies

like a love letter, full of sweet surprise.

縱使那沒被打開的未來存在於這裡

也有如情人的信，洋溢著甜美的驚奇。

——英·達尤希（Elizabeth Daryush）

有時候，我們會讀到非常玲瓏剔透有如珠玉般的作品。
下面這首〈靜物〉（Still-life），就是例證。

　　穿過敞開的落地窗暖暖的陽光

　　照亮雅致的早餐桌，

　　旁邊一缽鮮紅的玫瑰，

　　桌上是沃塞斯特瓷餐具，

　　排列在側面有甜瓜、桃、無花果，

　　餐布裹著小小的熱麵包，

　　秀氣的土司架，凍奶油，高䠀的銀咖啡壺，

　　托盤上則隆起早報一札

　　她走過青草地，這妙齡女少主，

　　從自家花園樹叢間的清晨徜徉

　　感受到生命如桌，它的布置是種賜福

　　以所有的美好為了她優雅的願望。

縱使那沒被打開的未來存在於這裡

也有如情人的信，洋溢著甜美的驚奇。

這首十四行詩，寫的是豪門少女的晨間生活，用靜物畫的筆法，把早餐寫得這麼秀氣的，此詩大概可稱第一。尤其末尾兩句，乃是描述幸福感的金句，不能不特別注意：

that even the unopened future lies

like a love letter, full of sweet surprise.

除了用字秀雅端莊，這首詩採「英國式義大利體十四行詩」的格律寫作，押韻為 ABABCDCD，EFEFGG，其抑揚頓挫也極工整，是難得見到的閨秀好詩。

而會寫出這種詩的，亦絕非泛泛之輩。她是達尤希（Elizabeth Daryush, 1887-1977），英國第十四任桂冠詩人布里吉斯（Robert Bridges, 1844-1930）的女兒。這是個豪門世家，布里吉斯本人在牛津習醫，三十七歲即退隱。而由於家世背景，達尤希才寫得出這樣的詩作。她早年往來皆父執輩的文壇大老，才華早著。

達尤希三十六歲開始叛逆，遠嫁波斯，四年後才返回舊

居，而後終老於此。她死後被許多新秀推崇，詩名更著。她父女兩代在詩體創造上皆極有貢獻。只是像這麼幸福的詩，到了中年以後，由於閱歷漸多，不再單純的樂觀，她已寫不出來了。

對自然的警醒

We must uncenter our minds from ourselves.

We must unhumanize our views a little, and become confident

As the rock and ocean that we were made from.

我們自己的心靈應當去中心，

我們應有一點去人化的思維，沉著

如同孕育人類的岩石與大海。

──美・傑佛斯（Robinson jeffers）

自然是何等的堅忍

這美麗的地方被成群建屋所敗壞

而昔日它如何秀麗在我們初見時；

麗春花和羽扇豆迤邐到峭壁邊

沒有人跡唯見二三馬匹悠遊其間

或即幾隻乳牛在裸露的岩石上磨蹭

而今破壞者卻已到來，而它可曾介意？

它不畏懼，恆然如常，深知人如潮水

今日上漲但終將退去，他們的一切

也將消逝無蹤。只有它的原初風華

活在花崗岩的紋理間

它安全一如漫過峭壁的無涯海洋

而我們應謹記：

我們自己的心靈應當去中心，

我們應有一點去人化的思維，沉著
如同孕育人類的岩石與大海。

這首〈卡梅爾角〉（Carmel Point），乃是美國先驅生態詩人傑佛斯（Robinson Jeffers, 1887-1962）的招牌詩，其中的最後三行，早已成了生態名言：

We must uncenter our minds from ourselves.

We must unhumanize our views a little, and become confident

As the rock and ocean that we were made from.

傑佛斯乃是近代詩人的異數。他出身神學世家，幼年起就已熟讀古希臘文，而後分別念了古典文學、醫科與森林學。由於酷愛自然，反對人類的城市文明，他後來遂和妻子在加州海岸邊的卡梅爾角，自己造了石屋和塔樓，他認爲當地很有古希臘的韻致。後來他和妻子都在此終老。

傑佛斯乃是第一代生態詩人，對後來的自然寫作有極大的示範作用。他在這首詩裡所用的「去中心」（Uncenter）和「去人化」（Unhumanize）這兩個字，不但成了他自己的註冊

商標，也影響到後人。他認為人類在思想和行為上，都以人為中心，因而遂對大自然做著無止境的剝削和破壞。如果人類不能「去中心」和「去人化」，最後大自然一定會反撲，摧毀人類。

　　他的這種觀點，以前被認為太激烈，很少人相信，近年來由於溫室效應所造成的氣候異常日甚，以及新形態的疾病日增，自然史以及環境學家已愈來愈接受這種說法。傑佛斯的那三行名句被引用得也更為頻繁。

　　最近已有許多學者指出，大自然是個有機體，當人類過分自以為是的侵入，這時大自然即會展開防禦，自然界無所不在的細菌和病毒，可以說即是它的防禦尖兵，它們會不斷突變來抵抗人類這個侵入者。這也意味著人與自然尋找到相對穩定均衡狀態的重要。也正因此，在這個病毒肆虐的時代，這首詩更值得我們反思了！

古代的瘟疫人生觀

Heaven is our heritage,
Earth but a player's stage.
上天才是我們的最愛
塵世只不過是個舞台。

——英·納許（Thomas Nashe）

富人們，別相信錢財

黃金買不到健康狀態；

看病吃藥徒勞無效

一切的結局都已被造；

瘟疫掠過疾若須臾

我已病，必將死去。

天主，請悲憐我等。

Rich men, trust not in wealth,

Gold cannot buy you health;

Physic himself must fade,

All things to end are made,

The plague full swift goes by.

I am sick, I must die.

Lord, have mercy on us!

上面這些名句，出自十六世紀英國重要詩人納許（Thomas Nashe, 1567-1601）的〈瘟疫時刻〉（In Time of Pestilence）的第二詩段。它幾乎可以說是最早的瘟疫詩，不但有文學價值，更有歷史價值。

　　由近代流行病史，即通稱的瘟疫史，我們已知道從文明極早開始，疫癘就一直是人類最大的災難之一，以歐洲為例，十四世紀的鼠疫即造成它的人口至少消失四分之一。

　　在現代醫學出現之前，人類對細菌和病毒所造成的流行病，可以說完全束手無策。於是，相信鬼神、聽天由命、自我節制的「疫病人生觀」遂告出現。

　　這首六段四十二行的作品，即是那種人生觀的最佳代表，它每段的最後都以「我已病，必將死去／天主，請悲憐我等」作結。這也是當時文學及禱詞裡的常見句型，反映了「無語問蒼天」的時代心情。

　　〈瘟疫時刻〉裡，「命定」的消極態度已成過去，可以不必相信。但它卻無疑的有許多金句被流傳了下來，例如：

None from his darts can fly.

（沒有人能從死亡的槍矛下飛逃。）

Dust hath closed Helen's eyes.

（塵土閉上了海倫的眼。）

Worms feed on Hector brave.

（蟲豸以海克特的英勇爲生。）

Heaven is our heritage,

Earth but a player's stage.

（上天才是我們的最愛

塵世只不過是個舞台。）

　　在這些句子裡，海倫是荷馬史詩裡的美女，海克特則是超級英雄。至於 Heritage，字典的意義是「遺產」、「傳統」等，但在神學上，則指基督徒的基本信仰認知，因而我遂將它譯爲「最愛」。

弦外之音

Dragonfly

Dead on the snow

How did you come so high

蜻蜓

死於雪之巔

你怎麼來到如此高處

——英・史奈德（Gary Snyder）

Dragonfly

Dead on the snow

How did you come so high

Did you leave your seed child

In a mountain pool

Before you died

蜻蜓

死於雪之巔

你怎麼來到如此高處

你是否曾留下子嗣

於山上池塘裡

在你死亡之前

　　這首〈蜻蜓〉只有短短的六行，縱使是初中生，也都會覺得它寫得很簡單，沒有用到一個生字。這種很短的詩體，

被稱為「仿和歌體」，當代有好多位英美的大詩人和作家，例如勞伯・布萊（Robert Bly, 1926-）、史奈德（Gary Snyder, 1930-）以及美國黑人女作家及詩人，曾經寫過經典的長篇小說《紫色姐妹花》的艾莉絲・渥克（Alice Walker, 1944-），都喜歡用這種詩體創作。這首〈蜻蜓〉即出自史奈德之手。

史奈德是近代詩壇的異數。大學念人類學，而後當伐木工人及遠洋水手，對人生澈悟後開始讀佛，後來在加州大學教「野性思考」這種非常另類的課。他翻譯過中國詩僧寒山子的作品，對中日佛教裡的禪宗有專業性的研究。

史奈德是近代的精神教父之一，曾獲普立茲詩獎。他的詩以短取勝，類似於中國的絕句和日本的和歌。在短短幾行裡，用簡單、精確的語言，試圖抓住一個個的瞬間，讀這種短詩，不能看過就算，必須投入去想，去體會它裡面的幽幽心懷。

這天，他到覆蓋了雪的山上，赫然發現到一隻蜻蜓的屍骸。蜻蜓不是高山昆蟲，居然會死在雪地裡，遂勾起了他的心弦，這隻蜻蜓是怎麼來的？在死之前，是否曾在池塘裡產

卵繁衍？這隻蜻蜓到底經歷了什麼樣的動人生命誌？而就在這樣的遐思裡，我們那種對眾生萬物的關懷，以及自我的提升，也就得以完成。

這首看起來不怎麼起眼的詩，其實是意在言外，另有一番境界！

誘惑境界

What female heart can gold despise?
What cat's averse to fish?
哪個女人會嫌金？
哪隻貓咪不愛腥？

──英‧湯瑪士‧格雷（Thomas Gray）

十八世紀，英國出現一群「古墓派詩人」（Graveyard Poets），他們常寫墓園沉思這類作品。他們詩風冷冽，卻多人生哲理，加上用字古雅，金句不斷，非常討人喜歡。而湯瑪士・格雷（Thomas Gray, 1716-1771）則無疑的可稱佼佼者。

　　格雷出身伊頓公學和劍橋大學，後來又在劍橋執教。他一生恬淡，形同隱士。一七五七年英國桂冠詩人塞伯（Colley Cibber, 1671-1757）逝世，皇室請他繼任。但因這違背他不求榮華的本性，遂予婉謝。像他這樣的人實不多見。

　　格雷的詩如其人，洋溢著智慧的光芒，名詩名句也極為出眾。他有一首〈愛貓淹死在魚缸詠〉，全長四十二行。這是個平凡的題材，都被他寫出了境界。他這樣寫貓被金魚所吸引：

　　哪個女人會嫌金？

哪隻貓咪不愛腥？

What female heart can gold despise?

What cat's averse to fish?

這兩個句子，相信我們看了也會發出會心的微笑。它顯示出人類儘管文化不同，但在比喻的思考和使用上，有時候極為類似。

詩裡所謂的「詠」（ode），最後一定是要對事抒感，由愛貓因為好奇而淹死在魚缸裡，他的感想是：

所有會誘惑你飄移眼光

和輕率心靈的，可非皆有好報償

並非會發亮的皆是黃金。

Not all that tempts your wandering eyes

And heedless hearts, is lawful prize;

Nor all, that glisters, gold.

這三行總結的句子，格雷藉著愛貓之死來提醒世人，我們經常會像貓看到金魚一樣被誘惑，但可千萬要小心，「並非會發亮的皆是黃金」。

看到這個句子，就讓人想起「英國文學之父」──喬叟同類的句子。他在《虛名之宮》裡，講到古代一個故事，一個落難王子到了另外的國家，該國女王被王子的相貌所吸引，最後王子卻棄她而去，她遂自焚而死。因而喬叟遂在詩裡寫道：

　　所有光輝燦爛的並不都是黃金。

　　All that glitters is not gold.

　　貓被金魚所誘而淹死；女王被王子相貌所誘，最後卻自焚，兩位詩人因而寫出「所有會發亮的可非皆黃金」這樣的句子，結論是：別只看外表！

不只是吞字而已

And the pilfering parasite none the wiser

For the words he has swallowed.

而這偷竊的寄生蟲並未更聰明

因為它吞吃的那些字。

——英・佚名

一隻蟲，我想是，正齔齔咬著

一個字，多不可思議的怪事，

一個蟲，正消化著某個人的言辭——

像小偷躲在暗處一點點的啃齧

某個詩人鏗鏘如雷的句子——

何等難以置信！

而這偷竊的寄生蟲並未更聰明

因為它吞吃的那些字。

　　這是極早的英國「謎語詩」（Riddles），它的答案是「書蟲」（Bookworm）。

　　每個國家在文明初興時即開始有詩，它靠著口耳相傳，最後被采風者記錄下來，我們的《詩經》就是這樣產生的。

　　在英國，也有類似《詩經》的作品，其中之一即是《艾克斯特詩集》（*The Exeter Book*）。它大概是十世紀時收錄編

纂的手抄本詩歌集，十一世紀時，李奧費克主教把它捐給了艾克斯特大教堂，保存至今，為該教堂的鎮堂之寶。

英國古代文學史裡重要的作品如〈漂泊者〉，如〈水手哀歌〉，如〈棄婦吟〉等，都在這部詩歌集裡。其中的〈漂泊者〉和〈水手哀歌〉寫的都是流放之苦，很有一點《離騷》的況味。由東西方的早期詩歌所顯示的這些相似的題材，可以看出不同的初民社會，在許多方面也必然極為近似。

《艾克斯特詩歌集》裡，除了一般詩歌外，還有九十首「謎語詩」，這首謎題為「書蟲」的即在其中。

每個社會都有「謎語詩」，我們社會在元宵燈謎的時候，即可看到文人雅士所寫的這種作品。只是「謎語詩」的語言遊戲成分較重，演變到後來，除了在童詩裡比較多外，一般的詩人已經很少再寫這類作品了。唯一的例外，可能是愛倫坡（Edgar Allan Poe, 1809-1849）了。他好玩語言遊戲，倒是寫了一些頗有難度的謎語詩作。

這首〈書蟲〉，淺白易猜，但其中的最後兩句，卻超出了謎語詩的範圍，而成了名句：

而這偷竊的寄生蟲並未更聰明

因爲它吞吃的那些字。

And the pilfering parasite none the wiser

For the words he has swallowed.

　　東西方有關「書蟲」、「書蠹」的比喻都相同，提醒人
們要多讀書，卻不要囫圇吞棗式的讀死書。從英國千年之前
謎語詩裡流傳下來的這個警句，眞是千古嘉言啊！

在地獄稱王

Better to reign in Hell, than send in Heaven.

在地獄稱王，好過在天堂為吏。

——英·米爾頓（John Milton）

在我們社會裡，每個人都想當老闆，而不願當公司夥計。這叫作「寧爲雞首，不爲牛後」。

　　這個諺語出自《戰國策》。戰國時代，韓王對秦國稱臣，於是，主張六國聯合拒秦的蘇秦即前往遊說，並順利的達成目標。蘇秦最雄辯的理由即是「寧爲雞口，無爲牛後」。這句古代的諺語，後來被改爲「寧爲雞首，不爲牛後」。

　　這句話在西方也有相對應的例子。古羅馬歷史家普魯塔克，曾記載過凱撒大帝所說過的一句話：「我寧願到阿爾卑斯山荒僻的鄉村當村長，也不要在羅馬做第二號人物。」野心勃勃的人，不願屈居人下，這種心情盡在此言中。

　　根據學者的研究，凱撒所說的這句話，後來似乎影響到了大詩人米爾頓（John Milton, 1608-1674）。他在經典名著《失樂園》裡，就根據這樣的態度來塑造撒且這個角色。撒

旦原本是天堂的大天使，因爲不願屈居耶和華之下而率眾造反。撒旦被這樣的描寫，很容易就讓人想到《西遊記》裡的孫悟空和玉皇大帝。孫悟空那句「玉帝輪流做，明年到我家」，實在畫龍點睛，算得上是神來之筆。

《失樂園》裡，第一書第二六一至第二六五行，以撒旦的口氣如此寫道：

Here we may reign secure, and in my choice

To reign is worth ambition though in Hell:

Better to reign in Hell, than send in Heaven.

在此我們可安穩統治，照自己的意思

去管轄乃是值得的壯志，儘管在地獄裡；

在地獄稱王，好過在天堂爲吏。

在西方的通俗神學裡，地獄和撒旦都是後來逐漸發展而成的。有關地獄概念的形成及其發展，近年遂有「地獄史」的研究出現；同理，也有所謂的「撒旦史」，這都是宗教思想史上的有趣課題。

而在「撒旦史」裡，米爾頓的《失樂園》則無疑的佔有

極重要的地位。後來的大詩人布萊克（Willam Blake, 1757-1827）說米爾頓是在幫撒旦辯護，這當然是言重了。不過《失樂園》裡的撒旦有一點曖昧，有時像個反抗英雄，這倒是真的。而那句「在地獄稱王，好過在天堂為吏」，則無疑的已成了能和「寧為雞口，無為牛後」相互輝映的名句。

而我心憐貧窮人

But I'm so sorry for the poor

Out in the cold.

而我心憐貧窮人

露處颯颯冷鋒中。

——英·克莉絲蒂娜·羅塞蒂

推己及人，乃是一種自發的人性，也是社會得以存續的基礎。當我吃飽，應想著別人的飢餓；當我穿暖了，則要掛念窮人的衣單。

　　因此，白居易在〈賣炭翁〉這首詩裡，遂會寫出「可憐身上衣正單，心憂炭賤願天寒」這樣的名句。這是普遍的人道關心，公平正義就在其中。

　　英國十九世紀後半葉的女詩人克莉絲蒂娜‧羅塞蒂也有如此值得記誦的句子：

My clothes are soft and warm,

fold upon fold,

But I'm so sorry for the poor

out in the cold.

我的衣裳軟又暖，

裹了一重又一重，

而我心憐貧窮人

　　露處颯颯冷鋒中。

　　在西方，詩人經常會被分為「大」（Major）及小（Minor）兩種。前者是指那些站在時代頂端的赫赫人物，後者則指每個時代的二線詩人，或與時代不怎麼相關的人物。因此，所謂的「大」「小」，實在不是很準確的翻譯。有許多「小詩人」，其實並不真的就比較不重要，羅塞蒂就屬於這個類型。她寫得一手好童詩，而在抒情詩上更是獨樹一幟，柔軟但又深刻。西方的許多愛詩人，不一定會去讀「大詩人」的作品，但羅塞蒂的詩則縱使至今，仍有廣大的讀者，因而又有人說她是「最重要的小詩人」。

　　羅塞蒂是義大利裔的英國人。父親因為支持革命竟而以詩文賈禍，被判死刑，遂逃到英國，並定居了下來，育有二男二女。長女瑪莉亞是語文和詩學專家，長子丹特及次子威廉，則是英國繪畫史上「前拉斐爾派」的領袖，丹特同時也是有名的詩人，而么女克莉絲蒂娜則享有詩名，她和許多傑出女性作家一樣，終生未嫁。他們這個詩畫家族，乃是十九

世紀後半葉貢獻最大的世家，在文化史上享譽不朽。

　　羅塞蒂的這四行詩句，引自她的〈雪落田野〉，當大雪紛飛，她在飽暖之中，卻想到瑟縮在外的窮人。她用辭簡白，性情自現，這麼好的句子，甚至不必背誦就會記起來。

善之精神

'T is strange,——but true; for truth is always strange.
離奇——但卻是真的，因為真理總是很離奇

——英・拜倫（Lord Byron）

離奇──但卻是真的，因為真理總是很離奇，

它的離奇勝過小說，只要能被公之於眾，

一旦變成故事情節，小說會更令人著迷！

而人們看到的世界也將如何的大大不同！

美德與罪惡的位子亦會更加頻繁的換替！

新世界則將變成與舊世界不同的新類型。

如果道德大海也有個什麼哥倫布，

將會把人們心靈的反面予以暴露。

　　上面這首詩，出自拜倫（Lord Byron 1788-1824）的詩劇
《唐璜》（DonJuan）第十四章第一○一節。在這一節裡，前
兩行是千古名句，它的原文如下：

'T is strange,──but true; for truth is always

strange──stranger than fiction; if it could be told.

　　唐璜乃是歐洲的鄉野傳奇惡徒，他誘拐少女，並殺死少

女的父親，最後下了地獄。但這樣的人物，到了拜倫筆下，卻被完全的重塑：他風流倜儻，也會犯錯，但卻浪漫熱情，每多奇遇。而最重要的，乃是他直率眞誠，對世間的虛僞、造作、鄉愿等每多撻伐與嘲諷，並勇於揭穿社會裡的各種假象。這個被重塑後的唐璜，所反映的乃是拜倫自己，因而人稱之爲「拜倫式的英雄」，在他的裡面，浪漫主義的各種理想都具體顯現。

《唐璜》這齣話劇非常好看，拜倫自稱它是「嘲諷式的史話」，他通篇都用來自義大利的「八行體」形式寫作，前六行爲隔行押韻，韻尾不變，最後兩行則另換新韻。這兩行是每節的結論，常有突兀的神來之筆。「八行體」的形式，使得《唐璜》讀起來鏗鏘有力，氣勢非凡。

這裡所引的兩行名句，最足以代表《唐璜》全劇的精神。在這齣話劇裡，拜倫藉著微妙的情節，顛覆了既有的秩序。許多僞裝的善，其實是惡，許多被認爲的惡，深層卻是善。因而他才寫出「眞理的離奇勝過小說」這樣的名句。這齣詩劇當時被保守人士抨擊爲「敗德」，其實拜倫並未「敗

德」，只不過揭穿了故作偽善的虛情假意而已。

　　因此，這兩句詩，是嘲諷的反語。它告訴我們，對事情的表象不要信以為真，要多一點自主的判斷，我們以為真的，有可能是像小說一樣的虛構。

不能承受之痛

And till my ghastly tale is told
This heart within me burns.
而直到我可怕的故事被說出來，
否則我的心不會停止煎熬。

——柯律治（Samuel Taylor Coleridge）

Since then, at an uncertain hour,

That agony returns,

And till my ghastly tale is told

This heart within me burns.

此後，在某個不確定時刻，

那個巨大的創痛又重新來到；

而直到我可怕的故事被說出來，

否則我的心不會停止煎熬。

上述名句，出自英國浪漫主義大詩人柯律治（Samuel
Taylor Coleridge, 1772-1834）的長篇敘事歌謠〈古舟子詠〉。
這首詩長達七段六百二十五行，是柯律治傳世的經典之作。
它以輕重輕重的抑揚格體寫成，隔行押韻，節奏緊迫逼人。

全詩是在說一則令人驚悚的傳奇故事：一艘船在大海迷
航，陷入冰洋之中。一隻信天翁飛來，牠是個吉兆，的確讓

他們脫困，但古舟子這個水手，卻為了某種無動機的邪惡，
將信天翁射死。而後這艘船就遭遇到一連串地獄般的災難，
水手們盡皆死亡，只有古舟子存活。他最後觀察到海蛇，體
會出生命的意義，並為海蛇祈福，因而救贖了自己。

　　這個故事有很強的宗教寓意，信天翁隱喻基督，因而這
首詩其實也是在說人的墮落與獲救。這裡所引的四句，指的
是古舟子最後只有他一個人倖存，海上的巨大傷痛縈繞，已
成了他無法承載的重擔。

　　因而這四句詩，很可以拿來與我們的「痛定思痛」相對
照。以前，唐代韓愈在致友人書裡說道：「痛定之人，思當
痛之時，不知何能自處也。」而文天祥也說過：「痛定思
痛，痛何如哉！」當痛苦太大，甚至回想都已是嚴重的折
磨。因而《紅樓夢》第八十三回裡遂曰：「痛定思痛，神魂
俱亂。」這種經驗相信每個人都有。

　　痛定思痛，痛苦更甚，縱使講出來也沒有用。納粹時
代，有許多猶太人有幸能從集中營劫後餘生，但到了後來，
這些在集中營都還堅強求生的人，卻一個個在痛定思痛之

後，由於不能忍受那更大的痛苦，而以自殺了此殘生。而柯律治能注意到痛苦的記憶，和它不能承受的重，這四句詩裡有著太多弦外的意義。

血腥的戰爭更血腥

The world is as it used to be.
今天的世界和從前沒什麼差異。

——哈代（Thomas Hardy）

二十一世紀的此刻，世界上正在發生和即將發生的戰爭，不減反增。這時候，就讓人不由得想起英國大詩人哈代（Thomas Hardy, 1840-1928）所寫的戰爭狂想諷刺詩裡的句子：

　　All nations striving strong to make

　　Red war yet redder. Mad as hatters

　　They do no more for Christ's sake

　　Than you who are helpless in such matters.

　　萬邦爭著把武力變強俾使——

　　血腥的戰爭更血腥。

　　瘋狂的他們不再服膺基督的啟示

　　而你們則對此情此景完全無力。

　　哈代的這首詩，題為〈英倫海峽炮火〉。寫的是一九一四年四月的晚間軍艦發炮。詩裡寫道：這些炮火，驚動了海

岸邊一所教堂的墓園。死者們都以爲這是最後審判的時間到了，因而一個個都坐了起來。

整首詩以上帝和死者，以及死者間的對話爲主，在對話裡，則對戰爭加以批判。前面的四行，即是上帝話語的一部分。上帝的話裡，對人類千百年不變的野蠻殘酷，還有這樣的一句：

The world is as it used to be.

今天的世界和從前沒什麼差異。

而由哈代的戰爭諷刺詩，則必須再提到美國詩人艾伯哈特（Richard Eberhart）的〈空襲的猛烈〉。他在二次世界大戰期間從軍，友朋輩有許多陣亡，於是他遂在寫空襲的詩裡，非常直接而憤怒的控訴。其中最有力的是第二段：

You would feel that after so many centuries

God would give man to repent; yet he can kill

As Cain could, but with multitudinous will,

No farther advanced than in his ancient furies.

你以爲經過如此多世紀

血腥的戰爭更血腥

上帝會讓人學到懺悔，但他仍殺人，

如同《舊約》裡的該隱，但化爲更多分身，

沒有更多進步，比起那些古代的死靈。

　　由哈代及艾伯哈特的上述名句，人類到底是在進步或退步，的確值得商榷。除了物質文明外，如何提振精神文明，仍將是未來的最大考驗！

寬恕才能超越

Good-nature and good-sense must ever join
To Err is Humane; to Forgive, Divine.
善良的本性與通情達理必須合一
犯錯是人情,寬恕才是更神聖的道理。

　　——英・波普（Alexander Pope）

古羅馬的雄辯家、政治家及哲學家西塞羅曾有過名言：「所有的人皆會犯錯，唯愚人固執於錯誤中。」（All men err; but only the fool perseveres in error.）

　　這句話，說的是負面；而論正面，則當以十八世紀英國大詩人波普的名句爲首選。他的句子是：「犯錯是人情，寬恕才是更神聖的道理。」

　　波普的這個名句，出自他的《論批評》卷二，第五二二行至第五二五行：

Ah ne'er so dire a thirst of Glory boast

Nor in the critick let the man be lost!

Good-nature and good-sense must ever join

To Err is Humane; to Forgive, Divine.

切莫急於渴求那得意的自誇，

亦勿在批評別人裡讓自己失落

善良的本性與通情達理必須合一

犯錯是人情，寬恕才是更神聖的道理。

波普在英國文學史上地位崇高。他自幼殘缺多病，從未入學，靠著卓越的天賦自修，十五歲就已通達古希臘文、拉丁文、法文和義大利文。他曾翻譯荷馬史詩，自己也著作不斷，是英國第一個單單靠著寫作就能維持生活的作家，他後來有一座自己的花園，其美輪美奐，被認為是英國園藝之典範。他那入世諷諭的詩風，不但對當時發揮了極大影響，流風所及，一直延續到十九世紀，對英國國民心靈的提升有著長遠的貢獻。

這裡所引的四行詩句，可以看出他對批評的態度，他認為人們經常會在批評別人裡自我膨脹。於是，就在齒尖舌利的批評別人時，自己作為人的意義遂告失去。因而他提出了「寬恕」，要能寬恕，人必須有善良的天性，以及通情達理的態度。有批評、有寬恕，才更有益於錯誤的減少。我們做人就應當做一個通情達理（good-sense）的人。

把波普的句子和西塞羅拿來對比，可以把兩者看成是剪

刀的兩刃。西塞羅對犯錯和愚蠢做出不留情的攻擊，而波普則在攻擊中加進寬恕，讓會犯錯的人，知道自己有另外一條可以超越的路，不會固執到底，這兩個句子因而有著極明顯的互補性。

這兩個句子，或許也值得我們念茲在茲的熟記於心吧！

火會燒出傷害

I played with fire, did counsel spurn
Made life my common stake
我玩火，對規勸置之度外，
把人生變成了賭注
　　——英·沃恩〔Henry Vaughan〕

在各種警世勵志的文章裡，都會讀到「不要玩火」的告誡。

所謂的「不要玩火」，是指明知那件事不對，但仍然有人以爲自己能駕馭它，因而接近之、褻玩之，而多半的結果都是被火燙傷。

而「玩火」的這種譬喻，在我們社會裡出現得極晚，受到的可能是英語的影響。英語之中的「玩火」這種說法，則開始於十七世紀的大詩人沃恩（Henry Vaughan, 1662-1695）的詩集《花環》（*The Garland*）。有關「玩火」的詩句爲：

I played with fire, did counsel spurn

Made life my common stake,

But, never thought that fire would burn,

Or that a soul could ache.

我玩火，對規勸置之度外，

把人生變成了賭注；

而從未想到火會燒出傷害，

或心靈將因此而痛苦。

　　沃恩乃是十七世紀英國的主要詩人。他出身於牛津大學，做了一陣官吏後即退隱江湖，到威爾斯行醫，終其一生。在他那個時代，文學主要的題材乃是人生與心靈的成長，他的詩也多半在這類問題上著墨。

　　在這首長詩裡，他以邂逅一個幽魂為始，那個幽魂生前好逸樂，不務正業，把自己的人生變成好像騎快馬一樣的任性飛馳，因而使得他的人生書頁上被寫滿了錯誤的句子。「玩火」即是幽魂懺悔的一部分。這首詩寫到最後，規勸世人不要只耽溺於易起易滅的短暫歡樂裡，而應對人生更加嚴肅一點，那麼將來就會被天上的花環所歡迎。

　　「玩火」這個譬喻，被沃恩首次使用後，從此即成了英語中的成語，而後又藉著英語而散布全球。這實在印證了「詩人創造語言」的道理。

　　沃恩在英國文學史上，乃是風格非常獨特的一個詩人。

英國文學在莎士比亞之後，詩風大盛，詩人輩出，他即是其中的翹楚人物之一。他的詩非常善於用各式各樣的譬喻，再加上宗教神祕主義的氣氛，許多後來的大詩人如華滋華斯等，都自承很受到他的啟發。就以這首詩為例，他用「玩火」、「人生書頁」、「人生快馬」、「心靈花環」等譬喻，都用得非常有創意。「玩火」（To play with fire）是文學和人生裡的經典成語，記住囉！

嘴巴變成了垃圾桶

Frailty, thy name is woman!

弱者，你的名字是女人！

——英‧莎士比亞

莎士比亞的名句裡，這一句雖然人人耳熟能詳，但多數人都把它讀錯了。這句名句是：

Frailty, thy name is woman!

弱者，你的名字是女人！

這個句子出自《哈姆雷特》第一幕第二景的第一四六行。在英語裡，Frailty 所指的不是強弱之「弱」，而是意志薄弱之「弱」。在戲劇裡，哈姆雷特用這一句話，來指他母親在丈夫死後一個月，即嫁給了他的叔叔。Frailty 也有「不貞」的含義。

如果我們研究人類的文明史、語言史，甚至髒話史，一定會發現無論古今中外，從很早開始，男人就已用與「貞潔」有關的字來咒罵女人，如「不貞」、「淫蕩」、「討客兄」之類皆屬之。這類髒字眼無論中文和英文，都有數十百個。用這種髒話罵人，目的是在威脅女人應守家庭主婦的本分，少

去拋頭露面搞活動。髒話是要把女人罵回廚房的工具。

　　莎士比亞生於十六和十七世紀之間，他藉著哈姆雷特之口說出「弱者，你的名字是女人」，其實並不足訝異。他的作品經常在敘述裡反映時代，這句話即是例證。

　　而莎士比亞藉著劇中人，說出「討厭女人」（Misogyny）的話，還多著呢。同樣為人熟知的是《李爾王》第四幕第六景的這個詩段：

Down from the waist they are Centaurs

Though women all above;

But to the girdle do gods inherit,

Beneath is all the fiend's,

There's hell, there's darkness, there is the sulphurous pit.

自腰以下她們是半人半馬的妖獸，

雖然上半截全是女人；

僅僅腰帶以上屬於諸神，

以下則歸於邪魔

那裡有地獄、黑暗、硫磺窟。

男人用髒話罵女人，乃是古代壞文化的殘餘，作爲新的文明人，尤其是文明的男人，首要之務就是要從心裡把那些髒話丟進語言的臭水溝。

人的高尚要從語言的高尚做起。一個人的嘴如果臭若垃圾桶，其人品即無足論矣。

感性之門第三扇

未來的回聲

變化是生命的香料

God moves in mysterious ways.
上帝以神祕的方式運行。

——英・庫柏（William Cowper）

Variety's the very spice of life.

That gives it all its flavour.

變化是生命的真正香料，

給了它全部的芬芳。

這段詩句出自英國詩人庫柏（William Cowper,1731-1800）的作品。在強調多樣變化的今天，我們作文時可以用它，談話時也可以用它。但這段詩句其實有著另一種完全不同的故事。

庫柏在英國文學史上被認爲是浪漫主義先驅，後來的浪漫大詩人華滋華斯（William Wordsworth, 1770-1850），即對他的許多作品推崇備至。

但庫柏的一生並不幸福。他出身牧師家庭，六歲喪母，由於內向憂鬱，念小學時即屢被大個子的同學欺侮。他後來學成並當律師，在一次甄試時，這種敏感憂鬱的病發作，崩

潰得想要自殺。但有人認為，他精神崩潰的原因是和表妹相戀，無法結合有關。

後來經過治療，他開始到宗教裡尋求慰安，並寫詩抒懷，留下大量傑出的作品，被認為是探討人的脆弱以及被棄感的經典。他的名句——「上帝以神祕的方式運行」（God moves in mysterious ways），即言簡意賅的顯露出人與上帝對話的張力關係。

後來，庫柏的病情時好時壞，除了宗教詩外，也寫了許多有關自然的詩。由於自己破碎的人生，他寫的自然詩裡反而有一種哀傷的恬淡。他被後來的浪漫詩人推崇，或許這是最主要的原因。

他在一七八三到八四年間，由於鄰居好友奧斯丁夫人的建議，而開始寫長詩〈任務〉（The Task），該詩集於一七八五年出版。在這長篇詩集裡，他主要是在非議當時倫敦的崇尚奢華和爭奇鬥豔的風氣；也對教會的腐化無能，不能幫助信眾重建心靈生活表示了不滿。他主張人們應過一種田園式的單純家庭生活，好奇的喜新厭舊，追求時尚的變化，只會

讓人心靈變得貧乏。

因此，本文前面所引的兩行詩句，它的本義就和今天我們所以為的，可以說恰恰相反，它是一個反諷句。

但我們也知道，有許多反諷句在時代的脈絡改變後，經常會被後人抽離出來，當成肯定句解釋。只要我們不把 variety 看成是追逐時髦、爭奇鬥豔的「多樣」，而重新定義為選擇的「多樣變化」，這個句子不是很好嗎？

別變成發臭的百合

Dark night seems darker by lightning flash,
Lilies that fester smell far worse than weeds.
黑夜因閃電的亮光而更暗，
百合之朽壞臭逾腐草之腥。

——英·莎士比亞

下面這兩句莎士比亞的詩，其實早已不再只是詩而已了，它在人們不斷的記誦和使用中，業已變成了名言，值得牢記，必將享用無窮：

For sweetest things turn sourest by their deeds,

Lilies that fester smell far worse than weeds.

至美轉成至陋皆因其惡行，

百合之朽壞臭逾腐草之腥。

　　這兩行詩句出自他寫的十四行詩第九十四首，詩裡勸誡有權勢、有身分的人，必須格外看重自己的權勢與身分，縱使有力量去害別人，也千萬別這樣做。愈能善待別人，上蒼愈會賜予更大的報償。設若有了權勢身分而為惡，人們原本的尊崇敬愛即會翻轉成厭惡。美麗的百合一旦發臭，將比蕪穢的雜草更為加倍。

　　莎士比亞乃是偉大的戲劇作家與詩人，他一共留下一百

五十四首十四行詩，其中的絕大多數都有很強的勵志性。借花為喻，即是他常用的筆法。

例如在第六十九首裡，他即指出美麗的花朵必須以芬芳來搭配，人的尊貴乃是花形，而善良的心靈才是花香。如果人們不能讓心靈變得偉大，則必然將成為一種外形雖美，但卻惡臭的花。我們今日所謂的「內在美」與「外在美」，他早在四百年前就已說得很清楚了。

而莎士比亞的十四行詩，有些句子也出現在他的戲劇裡，以這裡所引的兩句而言，就出現在歷史劇《愛德華三世》的第二幕裡。

《愛德華三世》乃是一五九六年以匿名出版的劇本，它未被收錄在莎翁正典的全集中，但莎劇的研究家們認為，這個劇本至少有一部分是出自莎士比亞的手筆。該劇裡的句子是：

Dark night seems darker by lightning flash,

Lilies that fester smell far worse than weeds.

黑夜因閃電的亮光而更暗，

百合之朽壞臭逾腐草之腥。

比較前後所引的這四個句子，有關百合這一句完全相同，或許這也可以作為《愛德華三世》至少有一部分是莎士比亞所寫的旁證吧！

而有關作者及版本問題，其實並不重要。重要的是，人們千萬不要讓自己變成發臭的百合！

活出真實的人生

Into each life some rain must fall.

Some days must be dark and dreary.

每個生命總有風雨會降臨，

某些日子難免幽黯傷悲。

——美·朗費羅（Henry W.Langfellow）

有些詩，藝術價值可能不高，但它訊息明確，音調鏗鏘，青少年常喜歡抄寫成字條，夾在書裡，貼在牆上。做書籤的商人也最鍾情這樣的詩句。

　　十九世紀美國詩人朗費羅（Henry W. Langfellow, 1807-1882），就留下許多這類型的詩句。例如，在〈下雨天〉這首詩裡，即指出人生原本即多風雨的道理：

Be still, sad heart! And cease repining;

Behind the clouds is the sun still shining;

Thy fate is the common fate of all.

Into each life some rain must fall.

Some days must be dark and dreary.

靜下來，悲傷的心，別再訴苦氣餒，

烏雲之後太陽依然明亮生輝，

你的命運如同所有其他人，

每個生命總有風雨會降臨，

某些日子難免幽黯傷悲。

而在〈生之頌〉這首詩裡，一開始就要人放下灰色的人
生觀：

Tell me not in mournful numbers,

Life is but an empty dream!

For the soul is dead that slumbers,

And things are not what they seem.

別，別用悲戚的詩句向我提起，

生命不過是場幻夢——

因靈魂已死並歸於沉寂，

而事物的意義則不像表面那麼分明。

而接下來，朗費羅則要求人們活出自己真實的人生，不
要把生命視為走向死亡的進行曲，應讓自己成為掌握現在、
努力不懈的生命英雄。詩中有如此金句：

Lives of great men all remind us,

We can make our lives sublime,

And, departing, leave behind us,

Footprints on the sands of time.

偉人的生命全都成了榜樣，

我們也能讓自己向上提升成熟，

出發，讓我們將——

時間塵埃裡的足跡棄於身後。

髒水不可能洗乾淨

Dirty water does not wash clean
用髒的水，不可能洗乾淨。

——西方諺語

The end must Justify the means,

He only sins who ill intends,

Since therefore 'tis to combat Evil;

'Tis lawful to employ the Devil.

為了目的必須不擇手段，

人犯錯僅僅只因居心不善；

因此為了打擊邪惡，

使用惡魔手段，法律遂予認可。

　　這四行詩句，出自十八世紀初，英國主要詩人普立爾

（Matthew Priror, 1664-1721）的長篇敘事詩《漢斯‧卡維爾》

（*Hans Carvel*），在西方社會後來變得很重要的兩個套語：

「為達目的，不擇手段」和「為了打擊魔鬼，可以與另一魔

鬼握手」，都以這四行詩句為起源。

　　然而，讀了這四行詩句，可千萬別以為普立爾就是在教

人要「爲達目的，不擇手段」。因爲，他寫這四句詩，說的其實是反話。

歐洲從中古時代開始，即盛行一種諷刺文體，用反話正說的方式來表現嘲諷。這種嘲諷與一般的「譏嘲」不同，被稱爲 Jest。由這個字衍生出「弄臣」（Jester）——他們是在君主身邊，以說反話來取悅或諫諍的人。這四句詩，即是在諷刺人們的「爲達目的，不擇手段」。

普立爾是十七和十八世紀之交的英國外交官，同時又以諷刺詩見長。他最善於用輕描淡寫的方式，來諷刺人的價值和標準錯亂，這裡所引的四行就是很好的代表。

人在做事的時候，手段與目的必須相稱，始符善的原則。最怕的是有些人，以偉大的目的爲理由，彷彿無論做了什麼事都可以被原諒。

於是，在偉大目的掩護之下，各種邪惡都有了理由；甚至還會出現做了壞事，而以目的來曲意詭辯的情況，正因有了這樣的警覺，對手段遂必須格外講究。西方法治特別重視適當的程序，即由此而產生。

髒水不可能洗乾淨

無論多麼偉大的目的，都不能使錯的手段被合理化。西方諺語說：「用髒的水，不可能洗乾淨。」（Dirty water does not wash clean.）在讀前面四行詩句時，這句話也不妨記下來。

一路前行，不斷超越

Surviving is important
Thriving is elegant.
搏命求生固然重要，
成功卻需高尚。

——美·瑪雅·安姬婁（Maya Angelou）

無論在專業的詩學界，或者喜歡讀詩的人裡，都一直存在著一種爭論，甚至疑惑；那就是：詩重要？或者詩的名句重要？

　　我們讀詩，到最後多半只會記得一些名句，而各國也都會有「名句選」這樣的書出現。但這種「有句無篇」的現象，卻也讓許多專家不安，認爲這將混淆詩和金句的分際。

　　最近，這個爭論又再出現。曾經在柯林頓總統就職大典上誦詩的黑人女詩人瑪雅・安姬婁（Maya Angelou, 1928-），不久前才和著名的禮品卡片公司 Hallmark 簽約，幫該公司的產品寫金句。

　　瑪雅・安姬婁乃是美國的祖母級詩人，她一生坎坷但上進，最後奮鬥成名。她演過舞台歌舞劇，也演過電影，並寫得一手好勵志詩。她的六大本自傳是許多大學的指定教科書，她同時也是民權運動的重要人物。

她簽約替卡片禮品寫金句，有人稱讚，當然也引起反彈。當今美國桂冠詩人柯林斯（Billy Collins），即認爲她不應該做這樣的事。但她認爲詩以句傳，好句子也比詩精鍊，可以不必偏廢。例如她就寫了如下金句：

Life is pure adventure, and the

sooner we realize that, the quicker

We will be able to treat life as art.

生命是純粹的探險，

若能愈早知道這點，

則將愈能讓我們把生命視爲一種藝術而對待。

　　這實在是個很好，而且很容易琅琅上口的句子。這個句子由歷盡坎坷的她寫來，意義格外不同。

　　例如她還有這樣的金句：

Surviving is important

Thriving is elegant.

搏命求生固然重要，

成功卻需高尚。

瑪雅‧安姬婁出身貧賤，年幼的時候甚至還遭強暴，但她一路前行，不斷超越。

　　今天的她雖然七十多歲，但端莊、高雅，像個慈祥的老婆婆，多年前有部台灣也演過的電影《編織戀愛夢》，她客串演出，即氣質不凡。

　　她寫出這樣的句子，其實正是她生命的縮影。

　　我曾在別的地方談過她在柯林頓就職大典誦詩，其中有如下金句，值得再提：

抬起你們的臉，許下深刻的祝願，

在為你們破曉的亮麗清晨。

歷史，儘管飽含擰扭的傷痕，

但卻無法抹消；設若面對

以勇氣，則不需重新再經歷一次。

追求不平凡

Thus sung her first and last, and sung no more.
唱出最初也是最後的歌，沒有第二遍。

——英國宮廷詩人佚名

在禽鳥裡，天鵝最爲高貴。牠的線條優雅，舉止雍容，從水面划過的姿影，自有端莊的風采，讓別的禽鳥相形見絀。

　　因此，天鵝的意象總是和王者、貴族、君子等並列。謳歌天鵝的作品，也多半強調牠高尚成熟的特性。在傳說裡，天鵝一生默默，只在死亡之前才會歌唱，其聲絕美；這種華麗的悲劇性，更讓天鵝顯得不凡。

　　在天鵝之詩裡，自勉勉人要做人上人，遂成了最主要的共同元素。大約在一六○○年，英國的宮廷即有人寫了這樣的六行詩〈銀白天鵝〉：

　　銀白天鵝，一生默默，

　　死前才解開無聲喉嚨的鎖。

　　胸口依偎著蘆葦岸邊，

　　唱出最初也是最後的歌，沒有第二遍。

別矣歡樂，啊，死亡已到眼側，

活著的鵝鴨多過天鵝，凡夫多過智者。

The silver swan, who living had no note,

When death approached unlocked her silent throat.

Leaning her breast against the reedy shore.

Thus sung her first and last, and sung no more.

Farewell all joys. O death come close mine eyes,

More geese than swans now live, more fools than wise.

　　這首〈銀白天鵝〉，說的雖然是天鵝，指的卻是當時英
國伊莉莎白一世時代的詩人史賓塞（Edmund Spenser, 1552-
1599）。伊莉莎白一世乃是英國史上的重要女王，她活了七
十歲，在位四十五年，打下了後來國勢的基礎。史賓塞出身
平凡，但詩藝超群，並發明了所謂的「史賓塞體」的詩歌形
式，死後葬於西敏寺英國文學之父喬叟之側。後來的英國大
詩人米爾頓及濟慈，都受到他的啟發。

　　史賓塞逝後的第二年，即有人寫了這首〈銀白天鵝〉向
他致敬，推崇他平凡出身但終成不凡的成就。這首詩並被當

時的宮廷作曲家吉朋斯譜成歌曲。

　　因此，〈銀白天鵝〉這首詩乃是極佳的勵志詩，它期勉世人要追求不平凡，要像天鵝一樣以高尚自期，別成了庸庸碌碌的凡人。普遍的鵝鴨雖好，但怎麼能和天鵝相比！

要像星星一樣有高度

We may choose something like a star.
To stay our minds on and be staid
我們仍能選擇某些像星星的特性
以穩住我們的心靈並保持沉著

——美·佛洛斯特（Robert Frost）

它要求我們有某種超然的高度

因此當群眾有時被人煽惑

以至於讚揚或責備都失了分寸

我們仍能選擇某些像星星的特性

以穩住我們的心靈並保持沉著

It asks of us a certain height

So when at times the mob is swayed

To carry praise or blame too far

We may choose something like a star.

To stay our minds on and be staid.

　　上面的詩句，出自美國詩聖佛洛斯特（Robert Frost,
1874-1963）的名詩〈選擇某些像星星的特性〉（Choose
Something Like A Star）。對於一個變動快速，尤其是相當泛
政治化的社會，極具啟發的價值。

佛洛斯特乃是美國立國迄今最被喜愛的詩人。美國曾經做過「你最喜歡的詩」調查，排名第一的即是他的〈未選擇的那條路〉（The Road not Taken）。他的用語多半深邃透徹，而且琅琅上口，因而成了國民文化裡的重要一環。

　　而〈選擇某些像星星的特性〉，乃是一首「以物寄情」的作品，他由星星的孤高清朗，想到了人世紛紛擾擾及是非顛倒錯亂，遂在該詩的最後，寫了最重要的前述五句。

　　這五句指出，社會經常在黨同伐異裡切割對立，因而愛之欲其生，惡之欲其死。這種兩極化，使得人們在讚揚及指責某些人與事的時候，很容易在被煽惑中「失了分寸」；「too far」也可譯為「搞過了頭」。

　　因而他遂認為，一個真誠的個人自由主義者，應當要有一種像星星一樣的自我期許，不跟隨煽動家的指揮棒起舞，不要變成被操弄的「群眾」之一，而應像星星一樣，超越、清朗，對這些情況保持一定的「高度」──這是本詩裡的關鍵字，它指的是人必須心中有一把尺，它才是人們得以穩住腳跟的基礎。

　要像星星一樣有高度

由佛洛斯特的一生，我們知道他信奉這樣的準則，不媚俗，不跟著風潮而搖擺，他的與眾不同從這裡開始。他的政治態度如此，他對文學的態度亦然，他是非常難得的個人自由主義的信仰者與實行家。而此刻的台灣，我們正陷入黨同伐異，讚揚與指責都兩極化，並因而搞過頭，是非跟著大亂的困境中。這時候重讀佛洛斯特的名句，豈能不格外警惕呢！而這種警惕不但對政治有用，對人生不也亦然！

在辣和優雅之間

Variety's the very spice of life

That gives it all its flavour.

變化是生命的真正香料

給了它全部的芬芳

——英・庫柏（William Cowper）

變化是生命的眞正香料

給了它全部的芬芳

我們用完

每一種織布機前想出的花樣變化

竭盡，只要天才們能夠供應

並仍努力於新的變異，卻棄

眞正的優雅而少用

只是爲了怪異的新鮮和詭譎的裝扮

Variety's the very spice of life

That gives it all its flavour.

We have run.

Through ev'ry change that fancy at the loom.

Exhausted, has had genius to supply,

And studious of mutation still, discard.

A real elegance little used

For monstrous novelty and strange disguise.

　　上面這個詩段，出自十八世紀英國詩人庫柏的長詩〈任務〉。它是評論詩，對當時的社會現象每多針砭。在這個部分，庫柏對當時倫敦的菁英分子耽溺於服裝的求新求異，他們的人生導師不是牧師，而是裁縫，做了尖銳的責備。他的評論在事實上大概不可能發生作用，但「變化是生命的真正香料」，則無疑的成了名句。它可以用來支持求變，也可以用來反對求變，主要是看對 spice 這個字怎麼解釋。如果把它解釋成「香料」，那就代表了肯定；如果將它解釋成帶有辛辣味道的刺激性調味料，那就代表了否定。當然所謂的「辣妹」（The spice girls），所強調的即是刺激。

　　庫柏在英國詩史上，乃是非常獨特的重要詩人。他六歲喪母，求學時總是被人欺侮，由於個性脆弱憂鬱，加上又無法與所愛的表妹結婚，他一生活得非常痛苦錯亂，多次意圖輕生，還住過精神病院。後來在友人的幫助下，於鄉間寫詩寄情，才變得比較正常。

他的詩有很強的痛苦感與神祕感，如「上帝以神祕的方式運行，「喔，與上帝走得近些」（Oh, for a closer walk with God）等，都是他的名句，他也寫過許多被譜成曲的聖詠，直到今天都還在教會裡被吟唱。由於他脆弱，生活簡單，不能忍受刺激，對奇裝異服，他也當然極其厭惡，上面的句子即是證明。這當然是他的一偏之見，但他把「辣」（Spice）與「優雅」（Elegance）對比，主張用「優雅」代替刺激性的「辣」，好像也不無道理吧！

我們是未來的回聲

But we were not born to survive

Only to live

但我們誕生並非為了苟存

只是為了生命而活

——美·莫爾溫（W.S Mervin）

We are the echo of the future

On the door is says what to do to survive

But we were not born to survive

Only to live

我們是未來的回聲

在門口人們談著要怎麼苟存

但我們誕生並非爲了苟存

只是爲了生命而活

　　上面的這四行詩句，出自當代美國重要詩人莫爾溫（W.S. Mervin, 1927-）的作品〈蜜蜂河〉（The River of Bees）的最後四句，其中，「我們是未來的回聲」，由於意象鮮活，境界甚高，已成了二十世紀的名句之一。

　　莫爾溫乃是一九六〇和七〇年代即已聲成名就的傑出詩人。他出身普林斯頓大學及研究所，對拉丁文、法文、西班

牙文皆造詣甚精，後來不但翻譯多部拉丁文經典，也曾到法國和西班牙常住。在二十世紀詩人裡，他是少數極有學問的特例之一。但也正因學問較深，他的詩作遂意趣較高，技法較深，讀起來有時候不那麼容易。

他的〈蜜蜂河〉，乃是帶有幾分魔幻性質的寓言詩，全長二十八行。在這首詩裡，他以「蜜蜂河」來譬喻我們生存情境的嗡嗡鬧鬧，而在喧鬧的聒噪裡，我們的生存遂被框限住了。我們被迫要過被人限定的生活，也要答覆各種已有標準答案的問題，這樣的生命，形同變成一張反芻著陳腔濫調的嘴，沒有新的意義，因而是「苟存」。

一般人可能也都知道，英語裡的「Survive」和「Live」是有分別的，前者指的是「苟存」和「殘存」，只要不死就好了的那種存在狀態，即是「苟存」。但「Live」雖然字典有「生存」、「活著」的意義，但真正所指而不明言的，則是「有意義的活著」。當這兩個字對比使用，這種意義的區隔更為明顯。因而遂將後者譯為「為生命而活」。

這首詩裡，最好的仍是「我們是未來的回聲」這個句

子。未來猶未可知，現在當然不可能有回聲。但這個句子所揭示的乃是一種生命態度，我們必須活出一個精采的現在，從而始能讓未來也跟著精采，將來再回頭，回聲即會響亮有意義。這種「我們是未來的回聲」，乃是一種放眼未來的人生觀，實在值得記誦在心！

人必須先征服自己

There is hate's crown beneath which all is death
There's love's without which none is king.
以恨為皇冠，眾生皆死於其下
沒有了愛，則無人能成王。

——美·瑪莉安·穆爾（Marianne Moore）

強起來活動，強起來去死

為了那些勳章和權位的勝利

他們戰鬥，戰鬥，戰鬥，

這些瞎子們以為這就是真理──

因而看不見征服者

淪為自己的奴隸，恨人者終將受傷

上面這幾行詩句，是美國重要女詩人瑪莉安‧穆爾（Marianne Moore, 1887-1972）所寫的〈拒絕美德〉的起首句。這首詩總長八十行，主要是在說，當今的世界，迷執於權力日甚，而為了權力和征服，煽動仇恨，為了目的而不擇手段等行徑也大增。

她的這首詩，氣勢恢弘，金句相續，在大開大闔之間，很有暮鼓晨鐘的況味。詩裡像這樣的句子就頗值得記誦：

There is hate's crown beneath which all is death

There's love's without which none is king.

（以恨為皇冠，眾生皆死於其下

沒有了愛，則無人能成王。）

Man's wolf to man.

（人對別人成了狼。）

　　瑪莉安‧穆爾，乃是二十世紀英美詩壇的佼佼大才女。她出道極早，為文學現代主義開山那一輩的人物。在一九四〇年代前，除了諾貝爾獎外，就已得盡一個文學家可以得到的幾乎全部獎項。由於她秀雅，穿著又脫俗大方，後半生成了紐約最重要的文藝名流，自在的過了一生。她的詩風新潮，但價值上則仍多古典主義的遺風餘味，在現代文壇有極高的評價。

　　她的這首〈拒絕美德〉，從價值的觀點來針砭時代的亂局，頗值得今天的台灣來思考。這首詩裡，最後一段有這幾行，可能最值得大家來相互惕勉：

Hate-hardened heart, O heart of iron.

Iron is iron till it is rust.

人必須先征服自己

There never was a war that was

Not inward; I must

Fight till I have conquered in myself what

Causes war.

被恨堅硬了的心，啊，心如鋼鐵

鋼鐵就是鋼鐵除非等到它鏽爛

從未有一種戰爭

它和人的內在無關；我必須

奮戰直到我將自己征服

它是戰爭的起源。

別自我阻隔了人生

Sometimes the mountain is hidden form me

In veils of cloud

有時，山對我隱藏

遮蔽在雲幕之中

——美·丹妮絲·雷佛多芙〔Denise Levertov〕

有時，山對我隱藏

遮蔽在雲幕之中；

有時，我對山隱藏

在疏忽、冷淡、倦怠的藉口裡，

當我忘了或拒絕走向岸邊或多幾呎

在路上，當清朗的日子，以再次確認

那見證式的存在。

　　這是一首很好的短詩，詩題為〈見證〉，出自於當代美國主要女詩人丹妮絲・雷佛多芙（Denise Levertov, 1923-1997）。它用字清淺，意蘊深遠，早已被列為二十世紀經典短詩之一。尤其是開頭那四行，更稱金句：

Sometimes the mountain is hidden from me

in veils of cloud,

sometimes I am hidden from the mountain

in veils of inattention apathy fatigue.

這首詩主要是在說人與真理間的阻隔。真理是一種證言，它有時在層層帷幕下隱藏，但可能更多的時候，則在於我們的懈怠和失去了對真理的渴望。基於此，保持生命的熱情，不怕路走得很遠，或許乃是唯一的方法。這首詩的態度，不但可用於求知，也可用於人生。

由這首詩，讓人不由得想到西方的短詩傳統。近代歐美的詩運極為興旺，但非常值得注意的，乃是歐美詩雖然有些不甚易讀，但多半都很能琅琅上口，也就是說，它們的詩有很強的群眾親和性。

或許正因為這樣的緣故，在西方的詩裡，言淺意深一直是詩的主流；過分的美文，甚至語言雕琢，反而不是那麼多。

諾貝爾詩人米瓦什（Czeslaw Milosz, 1911-2004），曾在柏克萊加州大學英語系研究所教詩，就只教可讀、有意思的短詩。

我們會讀西方詩，但是對中文詩卻經常覺得艱澀難懂，

這種對比頗值得反省。

　　優秀的詩人有金句，有好的短詩與長詩，而讀詩的人由金句入手，再讀短詩和長詩。這裡所引的短詩，即是一個好例子。

漂泊者的悲傷及困苦

To hide his thoughts, lock up his private fealings
However he may feel.
隱藏想法，鎖住個人感受
不論他覺得如何。

——英‧盎格魯薩克遜口傳詩作

I know it for a truth

That in a man it is a moble virtue

To hide his thoughts, lock up his private fealings

However he may feel.

我知道這是個真理

男人有種高貴德行

隱藏想法，鎖住個人感受

不論他覺得如何。

　　上面的詩句，出自極古老盎格魯撒克遜的口傳詩作〈漂泊者〉(The Wanderer)。它是英國形成之前，猶是封建部落時代的口語流傳詩，作者不詳。但他是個無主的流浪者則無疑問。這首詩大約是十世紀的作品，用的是古代盎格魯撒克遜語，後來的人將它轉寫成現代英語。

　　在封建部落時代的社會，人們的生活形態乃是「原始共

產方式」。大家共屬一個叫作 Cynn 的群體內，共獵共耕共食，君長庇護所屬，大家有如兄弟。一旦離開這樣的群體，即無所依歸，極為淒慘，彷彿蚱蜢一樣飄蕩。

「漂泊者」的古語是 Wraecca，有「薄命可憐人」、「不快樂的人」等含義。在那樣的社會形態下，大家一起吃肉喝酒的地方，乃是最大快樂之所在。這樣的集體制社會，使男子們只對主子和男性袍澤坦白交心，對妻子兒女和其他人則一律隱藏住感情。後來男性文化的許多獨特價值觀，就是因此而形成的。

這首〈漂泊者〉長達一百一十五行，它把一個失去主子的漂泊者的悲傷及困苦，寫得非常細膩，很有古代中國流放作品的況味。其中最值得玩味深思的，即是前面所引述的第十二行到第十五行。由此我們也可看出隱藏感情的「高貴德行」，不只是東方男子如此，西方亦然，它都是社會制度所促成的。

上面所引的這四行詩，在近代已經愈來愈受到人們的注意。一般皆認為，這四行詩句，其實乃是男子比較缺乏「語

言親密性」（Verbal intimacy）的主因。男子總是不大會交心，說出真實感受似乎就違背了「高貴德行」。

　　當「語言親密性」消失，把一切都悶在心裡，人際和性別關係裡的親密性當然更難了。近代研究親密關係的學者們特別重視這四行詩句，原因即在於它讓我們找到了反省問題的基礎！

付出努力和智慧

Tomorrow, and tomorrow, and tomorrow

Creeps in this petty pace from day to day

明天，明天，又明天

一天天踩著細碎步伐躡聲向前

——英·莎士比亞

明天，明天，又明天

一天天踩著細碎步伐躡聲向前

直到最後被記下的那個瞬間

我們所有的昨天照亮了愚夫愚婦

歸於塵土的死亡路，

熄吧熄吧　短促的燭光

生命不過是個行走的暗影，

一個可悲的伶人，

在舞台他的時段裡高視闊步乖戾上演

而後即不再被人聽聞

它是個故事

被愚人們傳誦，充滿了聲音和喧囂

卻沒有任何意義顯露

上面這個詩段，出自莎士比亞四大悲劇之一《馬克白》

的第五幕第五場，乃是莎翁最重要的金句詩段之一。美國的諾貝爾獎文豪福克納，他的鉅著《聲音與喧囂》（*Sound and Fury*），書名就是取材於此。

《馬克白》說的是權力和野心的悲劇。他是個功勳彪炳的將軍，後來被女巫預言所誤導而野心大盛，意圖篡位，最後眾叛親離而亡。

上面這個詩段，就是他最後自嘲之句。這個詩段把人生說得很消極虛無，但換個角度來看，這個詩段也未嘗沒有極正面的警示意義：人們如果不想讓自己的人生變成只不過是「行走的暗影」，則必須付出多大的努力與智慧！而我覺得這個詩段的前面四句半最值得記誦：

Tomorrow, and tomorrow, and tomorrow

Creeps in this petty pace from day to day

To the last syllable of recorded time

And all our yesterdays have lighted fools

The way to dusty death.

而所有偉大的金句，都必然會有竄改變造之作。這個詩

付出努力和智慧

段也被比莎士比亞晚了一輩的戴文南爵士（Sir William Davenant, 1606-1668）改了兩個地方：他把第二行的「細碎的」（petty）改成「悄悄的」（stealing），又把第五行「歸於塵土的死亡路」（The way to dusty death），改成了「回到他們永恆的住家」（To their eternal homes）。前面那個改動，或許尚無大礙；第二個改動，就真的是貂身上長出了難看的狗尾巴。

不過，戴文南爵士這首詩雖改得不好，他卻也是英國文學史上鼎鼎大名的人物。

有些學者認為他乃是莎士比亞的私生子，他二十幾歲就開始戲劇寫作，被視為莎士比亞戲劇的傳人，有「地下桂冠詩人」之稱，寫過英國最早的歌劇。從莎士比亞開始的戲劇革命，到他手上才正式完成。

莎士比亞是偉大的文學家，當代莎翁權威學者哈洛．布魯姆（Harold Bloom）說過，在他的戲劇裡有著全部的世界。細心一想，他說的可真有道理呀！

動，但也須要靜

And the heart must pause to breathe

And love itself have rest

心臟必須歇息呼吸方能繼續跳躍

愛之船也須停舟下泊

——英‧拜倫爵士

「過動兒」已成了我們社會的一個貶辭，用來形容那些動作太多、顛三倒四、靜不下來的人物。其實，「過動」這種症候並非他們所獨有，而是一種普遍的現象，我們每個人都為了這樣那樣的理由而不停的在動作，似乎只有藉著「動」，始能證明自己的存在。

　　於是，就讓人想起「讓我們別再一直躁動」（So we'll go no more a-roving）這個名句了，這個名句出自大詩人拜倫爵士的同名詩作，全詩如下：

　　讓我們別再一直躁動

　　夜已如此向晚

　　雖然心仍在為愛匆匆

　　月色依然這麼璀璨

　　刀劍會磨損它的護鞘

而靈魂則讓胸膛變得不堪負荷

心臟必須歇息呼吸方能繼續跳躍

愛之船也須停舟下泊

雖然夜晚之目的是要給愛所用

但白晝又將很快再次抵達

因而讓我們不再一直躁動

在這樣的月光底下。

拜倫爵士自己是個用生命和時間賽跑的人,他活得短暫,卻生命燦爛。在三十六年的生命史裡,他寫作,他到處旅行,在國內外從事各類政治活動;而且還到處談戀愛,搞革命,打筆仗。他離經叛道,為十九世紀初歐洲最重要的叛逆英雄,也是打抱不平的最大俠客,自稱「地獄的布道者」。拜倫爵士的故事多到說不完。

但是他對自己的興趣廣泛和過動,也有很深的反省。

這裡所引的詩,乃是他二十九歲時寫給朋友,愛爾蘭詩人摩爾(Thomas Moore, 1779-1852)的信裡所附的作品。

信裡他說道，他非常耽溺於嘉年華會的各種喜慶表演活動，雖未完全墮落浪蕩，但也距此不遠，於是想到「刀劍會磨損它的護鞘」這個句子，並且因而寫成這首有自省意涵的詩。

　　其中最主要的是第二段的那四行。我在中譯時爲了押韻，而做了一些改變，原句如下：

For the sword outwears its sheath

And the soul wears out the breast

And the heart must pause to breathe

And love itself have rest

　　每個人都要有安靜下來自省的時間，否則就會加速耗損折舊，拜倫爵士的反省，也應當是我們的反省才對。

努力嘗試生命

Thus, though we cannot make our sun
Stand still, yet we will make him run.
雖然不能讓生命的太陽常照
我們卻可決定他的運行迴繞。

——英·瑪維爾（Andrew Marvell）

What wondrous life is this I lead!

Ripe apples drop about my head;

The luscious clusters of the vine,

Upon my mouth do crush their wine.

人生此情多麼美！

蘋果成熟枝上垂，

葡萄纍纍吐芬芳，

入口似把美酒嘗。

這四行詩句，出自十七世紀英國政治家及詩人瑪維爾（Andrew Marvell, 1621-1678）所寫的〈花園〉，全詩長達七十二行。這四行在詩的中段出現。

無論任何語言系統，詩歌除了必須講究意境、深度、諧韻、音步等外，在用字遣辭上還要斟酌聲音上的整體美感，它被稱爲「美音」（Euphony）。如果描寫悲傷的詩，在聲音

效果上充滿陽剛之氣，那就會變得不倫不類。

　　而這四行詩句之所以成爲名句，原因即在於它的「美音」效果。如果我們把第一行念出聲音來，就會發現：what wondrous life is this I lead，每一個下面畫了短線的母音字母，都是輕音，讓人有輕快愉悅的感覺；而後兩行的 u、s、sh 等聲音，則有著彷彿嘴巴咬動的快樂感受，彷彿葡萄的香甜已到了口中。「美音」使得這幾行詩句的意趣大增，也證明好詩必須有好的聲音效果來搭配。

　　瑪維爾乃是十七世紀英國的重要人物。他通曉多國語文，除了學官兩棲外，長期都是國會議員，對英國內部政治有著領導性的地位；此外，他也參與許多國際活動，可稱外交家。由於他是開明派，當時的大詩人米爾頓因爲批評時政而入獄，也都靠著他的努力而被營救成功。

　　瑪維爾活著的時候詩名已彰，但後來的英國文學史卻將他忽略了。一直到十九世紀，美國文學界才把他找出來加以推崇。二十世紀的英美大詩人艾略特（T.S.Eliot）更是對他讚譽有加。經過這樣的轉折，瑪維爾的詩名終告確定。他有

一首長四十六行的〈致靦腆情人〉，鼓勵人要努力的嘗試生命。該詩最後兩句氣勢豐沛，音韻鏗鏘，是極好的勵志金句：

Thus, though we cannot make our sun

Stand still, yet we will make him run.

雖然不能讓生命的太陽常照，

我們卻可決定他的運行迴繞。

要變成鬼很容易

Being damned, I am amused
To see the centre of love diffused
天殺的，我開心的
發現愛的中心四散

——英·凱斯·道格拉斯（Kenth Douglas）

Being damned, I am amused

to see the centre of love diffused

and the waves of love travel into vacancy.

How easy it is to make a ghost.

天殺的，我開心的

發現愛的中心四散

而它的波浪則掉進了虛空

要變成鬼是多麼的容易。

　　當人們讀到這個詩段的句子，可能會納悶的問道：「它是在說些什麼？」它是英國最著名的第二次大戰詩人凱斯・道格拉斯（Keith Douglas. 1920-1944）所寫名詩〈怎麼殺人〉（How to Kill）裡的主題句。

　　二十世紀之後，由於戰爭科技突飛猛進，殺戮規模也快速廣大到人們難以想像的程度。第一次大戰死亡一千三百萬

人，是一七九〇年到一九一四年所有主要戰爭死亡人數的兩倍多；第二次大戰的死亡人數，更達三千五百萬至六千萬人的超級規模。

由於戰爭的殘酷擴大，兩次大戰的戰爭詩遂有了明顯的不同。英國有十六位一戰詩人被供奉進了西敏寺，他們的共同詩風，乃是延續著浪漫主義的人道精神，描述戰爭的恐怖。「地獄」這個字及其意象，是一戰詩歌的特徵。

二戰詩卻不同。由於受到現代主義的影響，它寫得更加冷冽、客觀、自省，因而讓人讀了更加毛骨悚然，而道格拉斯即是其中的翹楚。他雖然只活了二十四歲，但無疑的已成了偉大的戰爭詩人。

道格拉斯出身牛津的默頓學院，二戰爆發後即從軍，一九四一年被派至中東和北非，在沙漠裡進行突襲戰，成為優秀的戰爭殺人機器。一九四四年六月，他參加法國登陸戰，第四天即陣亡。除了尾聲外，他可以說參與了二戰全程。

在學校念書時，道格拉斯即詩才洋溢，從軍後他寫過許多戰爭詩。他稱參戰「有如鄉村訪客看大型時代秀」，寫射

擊火網為「看魔術師的障眼法」，寫敵人屍橫遍野為「一群病倒的遠足者」。他是在開玩笑嗎？當然不。這是一種冷峻而客觀的反諷，藉著把戰爭寫得很沒有人的味道，來凸顯戰爭的「非人化」與「荒謬化」。

在〈怎麼殺人〉裡，他非常客觀的敘述戰士就像魔法師一樣，「把血肉之人變成塵土之人」（Has made a man of dust of a man of flesh）。這裡所引的四句，說的既是戰士，也是他自己。他們已變成了無愛的殺人魔法師，或是殺人「鬼」。

在這一首詩裡，除了「鬼」（Ghost）之外，他還用了「倀魔」（A familiar）這個我們不熟悉的字，意思也是在說戰爭中人都變成了魔——那是一種「為虎作倀」的魔。當我們知道了這些，道格拉斯對戰爭的痛苦感覺，當可被人體會出來了！

不會有第二個人生

they mutilate they torment each other

with silences with words

as if they had onother

life to live

他們互相凌遲相互折磨

以靜默，以口角

彷彿他們還有另一個

人生可過

——波蘭·羅澤維茨（Tadeusz Rozewicz）

最近的研究顯示出，台灣社會的人際信任度大幅滑落，這是個警號，也意味著人際關係的緊張開始增強。

　　這時候，就讓人想到當代波蘭主要詩人羅澤維茨（Tadeusz Rozewicz, 1921-）的〈一個聲音〉這首詩：

他們相互凌遲相互折磨

以靜默，以口角

彷彿他們還有另一個

人生可過

他們如此這般

似乎他們已經忘了

他們的身體

很容易死去

而他們的內在

也很容易崩壞

彼此粗魯以對

他們的脆弱程度

遠甚於植物和動物

他們會被殺死，用一句話

一個微笑，或淡淡的一瞥

羅澤維茨在第二次大戰期間，參加過抵抗納粹的游擊隊，由於見證過戰爭的殘酷和對人性的破壞，當他後來寫詩，遂對各種人間條件極為悲觀，也對語言和行為的微細之處保持高度敏感。這首詩即堪稱代表。它被諾貝爾獎詩人米瓦什譯為英文。其中的前四行，即精簡扼要，一語中的：

they mutilate they torment each other

with silences with words

as if they had another life to live

每個人都只能活一次，正因不可能有第二個人生可過，因而每個人都必須珍惜這只有一次的機會，對別人好一點，而不是把它虛耗在相互間的口水、折磨，以及短線利益的操弄上。「彷彿他們還有另一個／人生可過」這個句子的意

思，指的就是不要在肆無忌憚的利慾之心，以及由此而造成的爭攘中過完一生。

而與此能相互輝映的，則是當代美國神祕主義女詩人丹妮絲・雷佛多芙在一首詩裡的這個簡單的句子：

每一分鐘都是最後的一分鐘。

Each minute the last minute.

在那首詩裡，她指出世界充滿了豐富的內涵，因而生命不容虛耗，必須用「每個夏天是最後的夏天」、「每分鐘是最後一分鐘」的尊貴態度去活，知道珍惜與敬畏，多傾聽世界所傳遞出來的訊息，這種態度不也是我們所需要的嗎？

要做世界的命名者

This ecstatic Nation

Seek-it is yourself.

這個讓人心醉神迷的國

追尋，它就是你自己

——美國·狄金蓀（Emily Dickinson）

靈是心的首都

心則是個單一的國度

靈和心合而成爲——

一個單一的大陸

一個——就是它的人口

這數量就多得足夠

這個讓人心醉神迷的國

追尋，它就是你自己

　　這首詩出自美國最重要的女詩人狄金蓀（Emily
Dickinson 1830-1886）的手筆。它說的是人在精神境界與藝
術境界上的「自足」（Self-Sufficiency），其中的後四行，最
具哲理上的意義，其原句爲：

One-is the population

Numerous enough

This ecstatic Nation

Seek-it is yourself.

　當我們閱讀偉人或傑出天才的傳記，以及經典文學作品，一定會注意到他們都很強調「Nature」這個觀念，我們則視其上下文而翻譯成「自然」、「本性」、「天性」等，而從這裡又延伸出對「自我」的肯定。

　但根據這樣的翻譯而得到的理解，真的很準確嗎？這實在讓人懷疑。因為它很容易就把人帶到一個相信自己總是對的，總是有理由恣意而為的方向上。「自然」，真正的「大自然」不就是個叢林世界嗎？「本性」，人與生俱來的品質裡不就是自私貪婪多過一切嗎？

　而偉人和傑出文學家所謂的「自然」、「本性」、「自我」，當然不是這樣的。他們所謂的「自然」，乃是宏大、包容，一切有序的世界架構，以及充塞其中的精神能量，它讓人知道有所敬畏，並努力的去提升自己的生命境界。他們在自我提升的生命歷程裡不媚俗從俗，不畏孤獨。

　要做生命的命名者

傑出詩人華滋華斯讚美「自然秩序」，惠特曼歌唱「自我之歌」；佛洛斯特要走「不曾被走過的路」，狄金蓀則自我期許那「單一的國度」，縱使只有自己一個是這個國度的人口，也無所畏怯。

　　他們所說的都是同樣的精神境界。當今最重要的評論家哈洛・布魯姆（Harold Bloom）在近著《天才們》裡稱讚這些人是世界的「命名者」，真是一言中的。因為他或她們，都是替人類增添了好的可能性。

　　狄金蓀乃是文學奇女子，她嚴謹、自慎，她的詩多半言簡意深，對「自我」的高度期許，乃是她這個人的一生，以及詩作裡最大的特色。她不求聲名，只在意自己的追尋，最後反而讓人永遠難忘，這裡所引的句子，只是個小例子而已！

不要爭吵過一生

When it's over, I don't want to wonder
If I have made of my life Something particular, and real.
當生命結束，我不要質問自己
這一生是否活得精采真實。

——美・瑪麗・奧莉佛（Mary Oliver）

When it's over, I don't want to wonder

If I have made of my life something particular, and real.

I don't want to find myself sighing and frightened

or full of argument,

I don't want to end up simply having visited this world.

當生命結束，我不要質問自己

這一生是否活得精采真實。

我不要自己只是嘆息和驚嚇

以及全都是爭吵。

我不要終此一生只是到此一遊。

在這個眾聲喧譁、遍地口水的時刻，任何人讀到美國首席詩人瑪麗・奧莉佛（Mary Oliver, 1935- ）的上述詩句，或許都會油然而生同感。尤其是最後那一句「我不要終此一生只是到此一遊」，最具深意。

瑪麗‧奧莉佛是美國近代最突出的自然詩人。她靜觀萬物，發掘意義，深深體會到孤獨之樂乃是「一種聖美／清晰而讓人得救」。在她的作品裡，詩乃是一種「顯聖」（Epiphony）的中介。

　　這裡所引的詩句，出自她的〈當死亡降臨〉。她由死亡這個課題，談到人生匆匆走此一遭，怎麼可能不帶著積極的意義而離去呢？當人生能有意義，對死亡才不會恐懼。她寫道：

　　我好奇的想要走進死亡之門，驚訝於

　　這黑暗的小屋會是什麼模樣？

　　因此我看萬事萬物

　　如同都是兄弟姊妹

　　在我眼裡，時間已非一種概念，

　　我認為永恆是另一種可能性。

　　而正因為能純真豁達的看世界，她才會這樣說道：

　　當一切成了過去，我想說在這一生裡

　　我是個新娘嫁給了驚奇，

我是個新郎，把世界捧在手中

到了最後，就是這裡所引用的那五行了。在這五行裡，她總結了一種人生態度。生命不是偶然的到此一遊，因此不容草草了事。如果只是爭吵、痛恨、哀嘆，以及相互間的威嚇驚怕，這樣的一生又有何意義？她把生命譬喻成繁花似錦的原野，也有如眾生歡唱的悠揚歌聲，每朵花都是獨一無二的，替原野增添光彩；每首歌都流漾長久，以待曲終人散。她的深意是：人們不要辜負了走此一遭的機會！

知覺的門扉和洞窟

For man has closed himself up

Till he sees all things thro' narrow chinks of his cavern.

人們一向關閉自己

直到從他洞窟的窄縫裡看到了一切

——英‧布萊克（William Blake）

如果知覺的門扉被清掃

則萬事萬物都將以本然的無限面目呈現；

人們一向關閉自己

直到從他洞窟的窄縫裡看到了一切。

If the doors of perception were cleaned

Every thing would appear to man as it is infinite

For man has closed himself up

Till he sees all things thro' narrow chinks of his cavern.

　　上面的詩句，出自英國大詩人兼畫家布萊克的〈天堂和地獄的婚配〉。這四行詩句，在神祕主義的思想上，有著舉足輕重的地位。

　　所謂的「神祕主義」，乃是一種很難清楚定義的思想。我們當然可以把魔法、巫術、鍊金術、占星術歸到它的名下。但嚴格而言，稱這些爲「魔法術」（magic）或許比較適

當。

　　「神祕主義」是一種思想與認知層次上的事。它相信人與萬事萬物都有著不可知的紐帶和因果關係，但我們的五官五覺，以及我們的心，卻都受到現世的羈絆，因而失去了掌握世界真義的能力。因而神祕主義者遂希望藉著各式各樣的修鍊，來掃除窒礙，替智慧開門。

　　在神祕主義裡，有一支可稱之「文學神祕主義」，而布萊克則無疑的是其中翹楚，他用詩和繪畫來表達這些信念、渴望，以及他修鍊所得到的智慧。我們很熟悉的「從一粒砂看到世界／在剎那掌握住永恆」，就是布萊克神祕感知的高度結晶。如果我們看到他傳世的數百張繪畫及圖本，將會更理解他的神祕主義內涵。

　　布萊克相信世界的整體和無限，厭倦並反對人類根據二分法所建立起來的價值體系，因而在〈天堂和地獄的婚配〉裡，他遂對世間許多假象，以及認知的被扭曲，加以指責，並主張人們要敞開胸懷，丟掉心靈的塵埃，俾看到更本然的世界，而不是透過濾鏡所看到的現在這個世界。

「文學神祕主義」在文學史上，乃是一個重要而源遠流長的傳統，古代的靈修文學，阿拉伯的蘇菲派，中國的禪宗，台灣熟悉的紀伯倫，目前在全球仍然盛行的「新時代思潮」，以及由此而延伸出來的「新文學神祕主義」，都屬於它的旗下。這種「文學神祕主義」雖然不大被學院派的人所重視，但它在全球民間，卻一直有著極大的影響力。

　　這裡所引的四行詩句，「知覺的門扉」乃是一個很重要的隱喻。人的感知潛力其實是無限的，但因為有些門被垃圾（即已知的成見和障礙）堵住了，我們遂無法去感覺事物的某些意義，因而必須清掃。

　　除了「知覺的門扉」這個譬喻外，他用「洞窟」這個譬喻來說人現存的處境，也同樣重要。「洞窟譬喻」乃是柏拉圖率先使用的譬喻，他認為人乃是被關在洞窟裡的囚徒，只能依稀的看到入口光線照進來所形成的一些暗影，無法看到真理之光。因此，讀這四行詩句，「知覺的門扉」和「洞窟」這兩個隱喻記號不容忽略。

打開握緊的拳頭

You mixed up⋯
Inspiration of hatred with lyrical beauty
你們攪拌著⋯⋯
把抒情之美混進仇恨的靈感中。
　　——波蘭・米瓦什（Czeslaw Milosz）

「拳頭」（Fist）乃是仇恨的代碼。因此，鬆開拳頭，打開雙手，即有慷慨大度、解除仇怨的象徵意義。

而在這種拳頭的意象上，諾貝爾獎詩人希尼（Seamus Heaney, 1939- ）在他一首名詩〈乾草叉詠〉裡，就寫出過這樣的名句：

所謂完美——或近似完美——被認為

不是在於瞄準目標，

而在打開的手中。

Where perfection-or nearness to it-is imagined

Not in the aiming but the opening hand.

在西方，農家都用有鐵齒的乾草叉來叉曬乾了的麥稈。希尼在描寫乾草叉時，聯想到乾草叉的形狀很像標槍，把它投擲出去，它的滑行又好像是火箭。

由這些，他遂想到了北愛爾蘭那種沒完沒了的宗教及族

群衝突，於是筆鋒一轉，前面這兩行詩句遂告出現。它的意思是說，抓緊武器，瞄準敵人，這不可能創造出完美，只有把手鬆開，致力於和解與包容，才是真正的完美。

這兩行詩句簡潔有力，格調不凡，一出手就成了名句，而被談論和傳誦。

而希尼的這兩行詩句，其實是有所本的。比他早一點得到諾貝爾文學獎的波蘭詩人米瓦什，在一首〈有贈〉的詩裡，談到人類的理性，認爲在理性的引導下，人們才會去追求和解，消除仇怨。那首詩裡有這麼好的一句：

打開過去握緊的拳頭。

Opens the congealed fist of the past.

congealed在這個句子裡的意思是「凍僵」、「凝結」，意思是說過去人們長期處於敵對的狀態，一直抓緊拳頭因而拳頭都僵住了。爲了表達得更清楚，在這裡特將它譯爲「握緊」。

米瓦什在二○○四年八月十五日剛剛逝世，享年九十三歲。

他早年相信波蘭共產主義，卻也是東歐最早對共產主義失望的詩人，因而叛逃法國，而後又到了美國，在柏克萊加州大學任教。

一九八〇年正當波蘭團結工聯崛起時，他獲得了諾貝爾文學獎。他的詩裡最大的特色是對共黨統治下，人們心靈的敗壞，做出了最深刻的觀察。我最喜歡的是這樣的句子：

你們攪拌著⋯⋯

把抒情之美混進仇恨的靈感中。

You mixed up ...

Inspiration of hatred with lyrical beauty.

所有的政治極端主義，都會出現獨特的煽情語言，用故意被扭曲的抒情方式來包裝躲在裡面的仇恨。當年納粹的「愛德國」、法國維琪傀儡政府的「愛法蘭西」，波蘭共黨的「愛波蘭」皆屬之。

米瓦什在一九四〇年代就已看穿了這些騙人的語言詐術。他走在時代的前面，領先他的同胞好幾十年。

詩人必須是一種對人性、對語言都特別敏銳的人。對人

性敏銳，始能辨別善惡；對語言敏銳，才可區分眞假。米瓦什在這方面乃是榜樣。這也是我喜歡他的詩的原因。

只有泥土為他們悲傷

Proclaimed the time was neither wrong nor right

I have been one acquainted with the night.

深知此刻無是無非

我逐熟悉起了黑夜。

——美·佛洛斯特（Robert Frost）

詩可以用來抒情述懷，也常用來品評時事；它可以浪漫，可以冥思，但在這個大家都覺得很幸福的時代，用來表達哀憐的詩，卻愈來愈少了。

查爾斯‧威廉士（Charles K. Williams, 1936-），乃是當今的一位美歐詩人——既住美國，又住巴黎。

威廉士早年曾經做過不幸青少年的諮商和治療工作，對人群裡最殘破的底層有著最直接的體會，因而他的詩喜歡以此為題材，並成就了一家之言。

他的這首〈人生也這樣〉即堪為代表：

他們被錘打進土裡

像鐵釘，移動了一吋

而後又再被敲打

大地因為他們而痛苦。

它是枚帶刺的果實

只有泥土為他們悲傷

它失去了被——

培植和品嘗的希望

只能自己讓自己

成熟再成熟。

而人們，他們同樣受傷

同樣被篩掉了

希望。

他們的內核

已軟。

而純然的果肉則腐熟

並爛透。

只剩下刺

黑色的種子，

而後結束。

這首詩乍看平常，卻有極大的張力在字裡行間。每個社
會都會有一大群人活在不被人看見的角落。他們長得不起
眼，也沒有任何凸顯自己的機會。他們活著時被按著吃土，

死了也就死了，不被記得。只有無言的土地知道他們的痛苦。威廉士在這種對絕望者的悲憫裡，隱隱的在向人們的良心做著呼喚。

這首詩的前四句最爲扼要：

They are pounded into the earth

like nails; move an inch,

they are driven down again

The earth is sore with them.

目前的世界已經進入了一個新的「冷漠時代」，因此，大詩人佛洛斯特遂有過這樣的名句：

深知此刻無是無非

我遂熟悉起了黑夜。

Proclaimed the time was neither wrong nor right

I have been one acquainted with the night.

而正因不再相信是非對錯，人們在習慣於黑夜的此刻，身體的冷漠麻木，遂使得大家對社會最底層的人，也就愈來愈無動於衷。在讀了威廉士的這首詩後，我們或許更應該打開自己悲憫的胸懷吧！

只有泥土為他們悲傷

管好舌頭不要自大

I rhyme

To see myself, to set the darkness echoing.

我吟詠為了凝視自己，並讓黑暗發出回聲。

——愛爾蘭・希尼（Seamus Hean）

某個黎明我將把這枚石頭送回神廟

當大海將它遠方的亮光推向南邊

我將再次表達我清晨的祝願：

但願我能免於濺血殺戮的邪毒氣氛

但願我管好舌頭，不敢自大，敬畏神明

直到祂在我肆無忌憚的口中說話。

這首短詩〈德爾菲的石頭〉，出自一九九五年諾貝爾文
學獎得主希尼的手筆。德爾菲（Delphi）是希臘古城，有太
陽神廟，以神諭聞名。有次希尼到此一遊，撿到了一方石
頭，於是寫成此詩，其中的後三行「許願」最重要：

that I may escape the miasma of spilled blood,

govern the tongue, fear hybris, fear the god

until he speaks in my untrammelled mouth.

希尼是愛爾蘭裔英國人，後來終於改宗爲愛爾蘭人。他

管好舌頭不要自大

生長在北愛衝突嚴重的時代，看多了族群流血衝突，也見慣各種極端政客的嘴臉。由於流血衝突所造成的仇恨氣氛有傳染性，因而他遂以「毒氣」（Miasma）稱之，希望不要被這種氣氛拖著走。

至於他許願說：「但願我管好舌頭，不敢自大敬畏神明。」就更有深意了。在動亂的時代，人們喜好夸夸其談，尤其喜歡「自大」（Hybris）。在這裡，「自大」這個字用得最為巧妙。這個字與另一個字Hubris相同，只是為了發音而有一個字母不同而已。這個字在古希臘指的是那種會讓人「造成自我毀滅結果的自大」。人們如果對世界失去了敬畏之心，因而自以為是的傲慢胡為，最後必然會造成自我毀滅。

在這裡，「不敢自大，敬畏神明」（fear hybris, fear the god）乃是對比的互補句，而總結則是「管好舌頭」——它的意思就是「管好嘴巴」。當人們能知所敬畏，不再傲慢胡為，漸漸的，那毫無遮攔的嘴就會收斂；而當人的心與神的心趨於靠近，這時候才可能期待「祂在我肆無忌憚的口中說話」，從而提高了人的水準。

因此，希尼向神所做的許願，其實也是一種自我期許。他對現在狀態的處境不滿，希望藉著超越自己，俾走向另一個更好的狀態。

　　在文學史上，傑出的詩人和作家，幾乎毫無例外的，都會碰觸到人性的缺陷，包括自私、貪婪、邪惡、傲慢、狡猾等，希尼當然也不例外。他在一首詩裡寫道：

我吟詠

為了凝視自己，並讓黑暗發出回聲。

I rhyme

To see myself, to set the darkness echoing.

　　因此，閱讀有反省力的詩，總是會給人極大的啟發，讓人洞悉自我的限制，並對可以變得不同有所期待。上面這些詩句，對我們豈非格外有惕示意義嗎？